Irrésistible

JC HARROWAY

Irrésistible MacKenzie

Traduction française de
EMMANUELLE SANDER

MAGNETIC

HARLEQUIN

Titre original :
FORBIDDEN TO TASTE

HARPERCOLLINS FRANCE
83-85, boulevard Vincent-Auriol, 75646 PARIS CEDEX 13
Service Lectrices — Tél. : 01 45 82 47 47

www.harlequin.fr

ISBN 978-2-2804-3675-5

*À ma merveilleuse équipe éditoriale,
et tout particulièrement à Sareeta
et à Charlotte. Merci pour votre aide,
votre soutien et votre génie.*

1

Kenzie

J'avance d'un pas chancelant vers un renfon-
cement à l'entrée de la cuisine. Je ne me sens pas
très assurée sur mes escarpins presque plats, qui
viennent compléter mon uniforme improvisé
de serveuse. Je m'accorde une seconde, le temps
d'inspirer profondément. Maintenant que je suis là,
mon plan me paraît fou. Trop audacieux. Mais les
dés en sont jetés : je dois trouver le moyen d'attirer
son attention.

J'ai passé la journée à fignoler mes desserts dans
la minuscule cuisine sous-équipée de mon studio.
Je les ai apportés ici dans des Tupperware, et en
métro. Les voir s'écraser sur l'épaisse moquette du
Faulkner, cet élégant restaurant gastronomique,
parce que je n'aurai pas su surmonter ma peur n'est
pas une option acceptable.

Je carre les épaules. Je suis décidée à saisir ma
chance. Je vois que le maître d'hôtel tourne le dos
à la table qui m'intéresse. Alors, galvanisée par la
nervosité qui m'envahit, je passe à l'action. La tête

9

haute, la démarche assurée, je feins d'être totalement à ma place dans cet établissement, qui compte parmi les plus huppés de Londres, avec mes quatre assiettes de desserts que je tiens fermement.

Adolescente, j'ai travaillé comme serveuse. Cela m'aide à garder le corps bien droit, à paraître sereine et à laisser mon pouce bien en retrait du cheese-cake au caramel beurre salé, tandis que chaque pas me rapproche de l'homme qui détient le pouvoir.

La courte distance que j'ai à couvrir me paraît aussi longue qu'un parcours de marathon. Quand j'arrive à la table, je suis à bout de souffle et j'ai épuisé toutes mes réserves d'adrénaline.

Voir Drake d'aussi près m'ébranle si fort que je dois pincer les lèvres pour éviter que mon sourire se transforme en une grimace pleine de dents. Mais peu importe : les quatre personnes qui sont en train de dîner n'auraient rien remarqué, puisqu'elles sont en grande conversation. Chacun des frères, toujours séduisant en diable, est concentré sur sa cavalière.

En règle générale, je suis transparente aux yeux de Drake, d'où le subterfuge de ce soir.

Je l'observe à la dérobée et me sers de ces quelques secondes d'invisibilité pour déterminer ce qui a changé chez lui au cours des trois années qui ont suivi l'enterrement : son visage est plus anguleux, quelques fils argentés parsèment ses tempes, des rides d'expression encadrent sa bouche. Tout dans son apparence me paraît familier, mais tout me rappelle aussi que nous sommes des étrangers l'un pour l'autre.

Il y a trois ans, Drake était soldat, et chaque parcelle interdite de son corps est restée mince, musclée, rigide et disciplinée. Je ne l'avais jamais vu d'aussi près, mais les photos que Sam m'envoyait montraient toujours un très beau duo : mon mari et son meilleur ami.

Je frissonne à ce souvenir et une bouffée de chaleur inattendue m'envahit. Je ne suis qu'une femme de chair et de sang, et n'importe qui vous le dira : Drake Faulkner est un immense plaisir pour les yeux.

Sa compagne, avec qui il sort très certainement, pose une main possessive sur son avant-bras. Elle affiche un sourire aussi large que captivant.

J'avale le goût amer qui vient d'envahir ma bouche – Drake et moi n'avons jamais eu ce genre de relation. Nous n'avons même jamais été amis. Du moins, pas vraiment. Il est vrai qu'il a cherché à m'aider financièrement pendant des années, mais notre relation était, au mieux, cordiale. Cette idée me fait hésiter un instant. Que suis-je en train de faire ? Vais-je vraiment interrompre ce qui ressemble à un double rendez-vous galant ?

Je lève la tête en me rappelant que je ne désire qu'une seule chose de la part de Drake Faulkner, et que ce n'est ni qu'il me fasse la charité ni qu'il me séduise. Et la seule raison qui me pousse à solliciter son aide, c'est Tilly, ma sœur. Je ne peux pas la laisser seule à Londres. Elle a beaucoup moins besoin de ma présence qu'avant, c'est vrai, mais tout de même. Et, pour rester près d'elle, il me faut le poste que Drake est en mesure de me faire obtenir.

Je retiens mon souffle et prie pour que l'amitié qui liait Drake à Sam m'offre cette chance, tandis que je dépose une assiette devant la cavalière de Drake. Cette femme centre toute son attention sur lui, ce qui me laisse encore quelques secondes d'anonymat. Je place deux autres desserts devant le deuxième couple, qui se montre tout aussi indifférent à ma présence. J'ai reconnu Kit, le frère de Drake.

La dernière fois que j'ai entendu parler de lui, il était célibataire. Cependant, cette femme est visiblement bien plus qu'une connaissance. Ils se parlent de très près et je sens entre eux une connivence qui se devine aux regards brûlants qu'ils échangent, à leurs doigts qui s'unissent sous la table. Une onde de désir à peine réprimé plane dans l'air. Je rougis, tant je me fais l'impression d'être une voyeuse, d'avoir violé leur intimité.

Je détourne le regard et mes paupières picotent d'envie quand je pose la dernière assiette devant Drake. Mon sang bouillonne dans mes veines et mes tempes bourdonnent, tant cette démarche me paraît impertinente. À ce moment-là, une vraie serveuse se serait retirée, mais je reste à côté de Drake. J'ai la gorge tellement nouée que j'ai l'impression que je ne pourrai plus jamais rien avaler.

Sans un regard vers moi, Drake contemple mon dessert et déclare :

— Ce n'est pas ce que j'ai commandé, made-moiselle.

Sa voix a mûri, elle aussi. Mais peut-être a-t-elle toujours eu ce timbre de baryton qui glisse sur moi comme une sauce au chocolat noir...

La cavalière de Drake me lance un regard agacé, certainement parce que je suis venue interrompre le tête-à-tête de ses rêves avec l'un des célibataires les plus en vue de Londres. Mais ce dont elle rêve est la dernière chose que je voudrais faire avec Drake.

J'essuie discrètement mes paumes moites sur ma jupe.

— Avec les compliments du chef, monsieur.

La femme détaille ma tenue, un sourire dédaigneux aux lèvres. A-t-elle remarqué que ma chemise blanche ne portait pas l'insigne du Faulkner, contrairement à l'uniforme des autres serveuses ? Effectivement, je ne travaille pas ici.

Pas encore. Et je n'ai pas l'intention de postuler pour un emploi de serveuse.

Les deux autres invités lèvent à leur tour les yeux vers moi. Kit fronce les sourcils en cherchant certainement à me resituer. Nous ne nous sommes rencontrés qu'une ou deux fois. J'espère que son amnésie durera assez longtemps pour que Drake goûte mon dessert.

Pourvu qu'il le goûte ! Et qu'il me laisse une chance...

La femme repousse son assiette.

— Pouvez-vous m'apporter ce que j'ai commandé, s'il vous plaît ? Un ex-pre-sso.

Elle détache chaque syllabe, comme si l'anglais

n'était pas ma langue maternelle. *Quelle condes-
cendance !*

Mon regard reste fixé sur l'arrière du crâne de
Drake. Je m'attarde sur la bande de peau tannée
visible entre la base de ses cheveux coupés court
et le col de sa chemise et me repais de son parfum
viril et musqué – tellement proche de moi, et tellement hors de portée…

Les secondes s'égrènent dans une atmosphère
tendue et le silence de mauvais augure me glace.

Je repasse en boucle mon stratagème trop témé-
raire, pour arriver à la perpétuelle conclusion :
je n'ai pas le choix, je suis désespérée. Si je veux
rester proche de ma sœur et m'accrocher à mon
rêve de diriger un jour ma propre cuisine, je n'ai
pas d'autre solution.

Drake tourne enfin la tête.

— Kenzie… ?

Il braque des yeux surpris sur moi et fronce les
sourcils. Puis la surprise s'évanouit pour laisser
place à ce regard indéchiffrable qu'il m'oppose
toujours depuis notre première rencontre.

Un regard froid et distant, mais poli.

— Bonsoir, Drake, dis-je aussitôt d'une voix un
peu haletante.

J'essaie de mettre mon émotion sur le compte de
l'importance de ma mission.

— Je suis heureuse de te voir, je poursuis, aussi
naturellement que possible. S'il te plaît, j'aimerais
que tu goûtes mon dessert.

Il cligne les yeux, comme si je venais de lui

demander de résoudre le problème de la faim dans le monde en trente secondes. Il jette un coup d'œil distrait à la délicate création qui orne son plat, et qui m'a demandé toute une journée de préparation, avec ses spirales de chocolat noir belge, ses paillettes de feuille d'or, sa couche brillante et généreuse de sauce au caramel beurre salé qui tranchent avec la porcelaine d'un blanc immaculé. J'aurais tout aussi bien pu lui servir un pudding surgelé de cantine avec une cuillerée de confiture.

Le regard curieux des autres invités me brûle. Je redresse le menton, résignée à me faire renvoyer du restaurant par l'agent de sécurité.

Drake repousse sa chaise et se lève, suivi de près par Kit, qui vient soit de me remettre comme la veuve du meilleur ami de Drake, soit d'imiter les bonnes manières innées de son frère aîné.

— Que fais-tu ici ? me demande Drake d'un ton dur.

Il n'a pas changé, décidément. Même les bisous sur la joue ne faisaient pas partie de nos habitudes.

À l'époque où Sam était encore en vie, et étant donné le temps que Drake et lui passaient ensemble, qu'ils soient ou non en mission, j'ai toujours fait mon possible pour ne pas avoir à supporter la froideur et l'indifférence de cet homme.

Puis Sam est mort et, mis à part quelques rares paroles convenues à son enterrement, nous n'avons eu aucun contact, Drake et moi. Il s'est juste mis à m'envoyer des chèques que je n'ai jamais encaissés.

Et voilà que je suis là, devant lui, avec mon plan voué à l'échec.

— Tu voulais me voir ? demande Drake. C'est pour ça que tu es venue ?

Il regarde autour de lui et semble chercher une explication à ma présence incongrue.

— Non… Enfin, si.

Le rouge me monte aux joues quand je songe au petit mensonge que j'ai servi à son assistante pour connaître son agenda.

Mais je veux saisir ma chance, provoquer le destin. Je n'ai aucune envie de gâcher la meilleure occasion que je peux avoir de décrocher le poste de mes rêves. J'essaie d'imputer mon mutisme à ma fatigue – à toutes ces journées passées à chercher du travail dans cette ville que je ne connais pas, à toutes ces soirées en solitaire, à attendre que la chance me sourie. Non, cela n'a rien à voir avec le fait de revoir Drake.

— D'accord…

Son regard soucieux me transperce. Je me balance d'un pied sur l'autre, prête à courir me réfugier dans la cuisine. Mais abandonner alors que je viens tout juste d'arriver, renoncer à mon projet, ce n'est pas une solution.

— Tu travailles ici ? demande Drake.

Ma gorge se noue. Je ne m'attendais pas à cet interrogatoire en public.

— Non… Enfin… pas encore. J'aimerais beaucoup que tu goûtes mon dessert.

La raison de ma présence se trouve vraiment

dans ce gâteau. Sans lettre de recommandation, je n'ai pas trouvé de meilleur moyen de lui prouver que je possède les compétences requises pour travailler au Faulkner.

Je prends une profonde inspiration et me prépare à donner des explications, malgré l'auditoire qui m'entoure, tandis que le vrai serveur arrive en affichant un air perplexe. Il amène l'expresso de la cavalière de Drake et trois *affogati*. Il nous regarde tour à tour, Drake et moi, et son sourire professionnel se mue en une grimace.

Je détourne les yeux de Drake en sentant le rouge envahir mon visage.

Qu'est-ce que j'espérais ? Ce plan ridicule pour provoquer le destin est le pire que quiconque ait jamais conçu.

— Puis-je avoir mon expresso, s'il vous plaît ? demande la cavalière de Drake au serveur, qui s'empresse de déposer le contenu de son plateau sur la table encombrée.

— Dois-je apporter une autre chaise, monsieur Faulkner ? demande-t-il, avec l'air de s'inquiéter pour son emploi.

Ce n'est pourtant pas lui qui est sorti fumer sa cigarette et que j'ai réussi à berner tout à l'heure. Avec ma tenue de circonstance, j'ai fait semblant d'être en retard. Il m'a suffi d'un sourire aguicheur pour entrer par la porte de service et passer devant l'agent de sécurité, même si mon uniforme ne porte pas l'insigne de l'établissement.

Drake hausse les sourcils.

— Aimerais-tu te joindre à nous ? demande-t-il.

Mon visage doit être cramoisi, à présent. Je suis incapable d'articuler la moindre parole et mes pieds rêvent de fuir. Je ne tiens pas à me sentir de trop, à avoir l'air désespéré à ce point. Je secoue la tête en émettant un « non » éraillé.

Drake me scrute avec tellement d'intensité que je suis tentée de vérifier si les boutons de mon chemisier ne sont pas ouverts. Il finit par prendre le contrôle de cette étrange situation dont je suis responsable.

— Kit, tu te souviens de Kenzie Porter ? lance-t-il à son frère.

Kit me sourit, m'embrasse sur la joue et me présente à Mia, sa petite amie.

— Et voici Ashley Morris, ajoute Drake sans me quitter du regard, mais ses prunelles restent froides.

Ladite Ashley me décoche un sourire douceâtre en commençant à siroter son expresso, puis se tourne vers Drake.

Elle n'a aucune raison de s'inquiéter. Manifestement, il est juste choqué de me voir. Depuis notre première rencontre, des années plus tôt, il ne m'a jamais dévisagée de cette façon.

La femme est ravissante. Exactement le genre qui convient à Drake. J'ai beau n'être là que pour un travail, mes côtes me font mal, comme si je venais de courir un marathon le ventre plein. La deuxième sensation ne fait que confirmer que je n'aurais pas dû venir, tant j'ai le sentiment de ne pas être à la hauteur.

J'essaie de ravaler la montée de bile qui envahit ma bouche. Qu'est-ce que j'imaginais ? Drake n'est pas plus aimable avec moi que lorsque Sam était en vie. Encore moins, en réalité. Comment ai-je pu imaginer qu'il serait disposé à m'aider ? Cette idée aurait pu me faire rire si mes yeux ne brûlaient pas déjà d'humiliation.

Une panique familière me serre le ventre. Je me mords les joues pour chasser ce sentiment lancinant. Je n'ai pas versé une seule larme depuis trois ans et je n'ai pas l'intention de mettre un terme à cette période aride. Je plaque mon plus beau sourire sur mes lèvres, balaye le groupe du regard et me focalise sur le visage ouvert et amical de Mia.

— J'ai été très heureuse de vous revoir. Mia et Ashley, ravie de vous avoir connues !

Je dois sortir d'ici avant d'éclater en sanglots, sous peine de revivre le rejet de ma candidature au poste de sous-chef du Faulkner, avec la petite amie de Drake pour témoin. J'ajoute précipitamment :

— Désolée d'avoir interrompu votre soirée.

Et je bats en retraite. Après ces retrouvailles moins que chaleureuses avec Drake, cette prise de risque me paraît désormais ridicule. Je tourne les talons en ignorant la voix de Drake derrière moi :

— Attends !

Je me faufile entre les tables aussi vite que ma jupe étroite me le permet.

Je franchis les portes de la cuisine, passe devant plusieurs vrais membres du personnel venus cher-cher les commandes et saisis au passage la veste en jean que j'ai cachée derrière une pile de cagettes vides, à côté de la chambre froide.

En atteignant la ruelle située derrière l'hôtel, j'emplis mes poumons d'air frais. Mon corps tremble sous l'effet de l'adrénaline gâchée par la futilité de mon plan. Quelle idiote ! Comment ai-je pu croire que, parmi toutes les personnes que je connais, Drake Faulkner me ferait un accueil plus chaleureux, plus personnel, que le mail de refus en deux lignes que j'ai reçu de son restaurant ?

> Nous sommes à la recherche d'une personne plus expérimentée. Nous vous souhaitons beaucoup de succès dans votre carrière.

Je me mords les lèvres pour chasser la bouffée d'émotions qui m'envahit sans savoir quel rejet embue le plus mes yeux : celui du chef du restaurant ou celui de Drake lui-même. Il n'a même pas daigné goûter mon gâteau…

Je racle le talon de ma chaussure pour retirer un chewing-gum mou et me sens honteuse. Drake m'a accueillie avec toute la chaleur des étrangers que nous sommes l'un pour l'autre. Je me croyais capable de le convaincre qu'il pouvait me donner une chance, mais, même s'il l'avait fait, il ne serait pas devenu moins distant et moins froid à mon égard pour autant.

Le ventre serré et les membres flageolants, j'accuse le froid du mois de novembre en enfilant ma veste pour prendre la direction du métro.

Le claquement de la porte, derrière moi, me fait sursauter. Je fais volte-face en posant une main sur mon cœur. Drake se dirige vers moi d'un pas décidé. Son expression est sombre et déterminée, et la veste de son costume qui se gonfle dévoile une taille fine et un torse musclé sous la chemise.

Je sens mon cœur en berne s'emballer.

Non seulement mon plan est retombé comme un soufflé, mais j'ai réussi à contrarier un homme qui a le pouvoir de ruiner mon rêve. Lorsque je suis partie en laissant derrière moi ma dignité, je m'attendais à ce qu'il s'excuse auprès de ses amis pour mon apparition impromptue et qu'il poursuive son repas avec sa petite amie.

Maintenant, je découvre qu'il va me demander des explications. L'humiliation court dans mes veines. Face à un mur de virilité imposante mais hostile, je ne me sens pas apte à opposer mes meilleurs arguments.

Je lance la première chose qui me passe par la tête, l'attaque étant la meilleure forme de défense.

— Que fais-tu ici ? Pourquoi as-tu laissé ta petite amie ?

Il ignore ma question et s'approche de moi. Son pantalon moule à la perfection ses longues jambes musclées. Chacun de ses pas menaçants fait claquer ses richelieus en cuir fauve sur le pavé.

Mon estomac se contracte violemment – j'ai toujours aimé les richelieus.

Lorsque Drake s'arrête juste devant moi, je prends une goulée d'air humide, même si j'aurais préféré avaler un remontant.

Il fronce les sourcils avec incrédulité.

— Qu'est-ce que *je* fais là, moi ?

La dureté de son expression aurait pu me faire reculer de plusieurs pas, mais je reste immobile, prête à la confrontation.

— C'est plutôt à moi de te poser cette question, ajoute-t-il.

Je reste bouche bée. Son torse me paraît deux fois plus large lorsqu'il enfonce les mains dans les poches de son pantalon. Le tissu se tend sur ses hanches. Je détourne le regard de son entrejambe et résiste à une bouffée de chaleur. Heureusement, il fait trop sombre pour qu'il me voie rougir. Dans tous les cas, je pourrais toujours le mettre sur le compte de la température glaciale.

— Je ne comprends pas, avoue-t-il. À quoi rime cette histoire de dessert ?

Il désigne du menton ma tenue vestimentaire.

— Pourquoi as-tu cherché à te faire passer pour une serveuse ?

Ses narines palpitent et un pli contrarié marque sa bouche.

Mes épaules s'affaissent. J'ai interrompu son dîner avec la délicieuse Ashley. Mon rêve pathétique d'un nouveau départ est réduit à néant.

Le sentiment de partir à la dérive qui m'a poursuivie ces derniers mois revient en force et me donne envie d'aller me cacher en courant. Ou de me battre. Quelle est la meilleure tactique pour convaincre Drake ?

— C'était… Euh… C'était juste pour attirer ton attention, je réponds timidement.

J'espérais qu'il me voie, moi, et non la veuve de Sam ou la sœur de Tilly. Qu'il voie une femme avec ses compétences, sa volonté et ses ambitions.

— J'ai cru que ce serait une bonne idée, je poursuis, mais je m'aperçois maintenant que c'était une erreur.

Quelque chose de puissant m'ébranle lorsque je sens l'attention masculine focalisée sur moi. Il me détaille d'une façon nouvelle, déconcertante. J'ai l'impression de me tenir trop près d'un feu de joie.

— Excuse-moi et oublie mon intrusion, je continue. Retourne là-bas. Je n'ai pas l'impression que ta petite amie soit du genre à t'attendre éternellement.

L'air humide s'est mué en une bruine glaciale et je suis transie jusqu'aux os. Je boutonne ma veste, un peu tard, alors que l'avant de mon chemisier est déjà devenu transparent.

— Pas de problème, je t'écoute ! me répond Drake. Tu as toute mon attention.

Il plisse les yeux. Il a l'air de trouver suspectes mes explications minables.

— Et explique-moi aussi quel est le genre de ma cavalière…

Pourquoi Drake se soucie-t-il de savoir ce que je pense de cette femme ? Leur relation est-elle vraiment sérieuse ? Ce serait une première pour lui. Mais, quoi qu'il en soit, ça ne lui ressemble pas de me demander mon avis. Nous avons beau nous connaître depuis plusieurs années, nous restons des étrangers l'un pour l'autre. Je ne sais pas ce qui lui a pris d'abandonner sa petite copine pour courir derrière une femme qu'il tolère à peine et qu'il n'a pas revue depuis des lustres.

— Quel est son genre ? Le tien, Drake, apparemment. Encore désolée de t'avoir dérangé comme ça. Au revoir !

Avec un sourire figé, je tourne les talons, mais sens soudain la main de Drake sur mon bras. Il me retient.

— Pour l'amour du ciel, tu ne peux pas t'en aller comme ça ! s'écrie-t-il.

Il me toise. Il a l'air air moins irrité qu'il pourrait l'être, mais ne semble pas tolérer pour autant que je lui tienne tête.

— En tout cas, pas tant que tu ne m'auras pas expliqué ce qui se passe, ajoute-t-il.

Il me lâche, mais l'intensité de son regard suffit à me clouer sur place.

Mon humiliation est complète, désormais.

— J'ai manigancé un stratagème qui était perdu d'avance. J'aurais dû me rappeler que tu ne me dois rien.

Manifestement, l'absence n'a pas attendri le cœur de cet homme. Je croise les bras pour retenir un peu de chaleur autour de moi et me donner une contenance.

— De quoi parles-tu ? Qu'est-ce que c'est que cette histoire de stratagème perdu d'avance ? Et pourquoi es-tu partie en courant ?

Il attend ma réponse, la mâchoire crispée. Un nuage de buée s'est échappé de sa bouche et sa question résonne encore dans la ruelle.

Je pince les lèvres. En fait, je n'ai plus rien à perdre. Je suis venue ici avec la ferme intention de tenter ma chance. Mais maintenant que je me trouve face à ce Drake, un peu différent mais toujours aussi distant, je ne suis plus très sûre de vouloir exposer mes rêves naissants et fragiles à sa froide indifférence. S'il m'avait accueillie avec ne serait-ce qu'un peu de chaleur ou un semblant de plaisir, j'aurais peut-être trouvé plus de courage.

Il doit entendre mes dents claquer. Il soupire, comme s'il renonçait à recueillir des explications. Il ôte sa veste d'un mouvement souple et la passe autour de mes épaules tremblantes.

— Merci.

J'ai trop froid pour protester et je serre les pans du vêtement sur ma poitrine. Alors, soudain, je me sens submergée par le parfum qui imprègne le tissu du vêtement, un effluve délicieux qui m'est à la fois étranger et vaguement familier.

Je lève les yeux et mon souffle se coince dans ma gorge. Nous n'avons jamais été aussi près l'un de l'autre. Nos contacts physiques se résumaient toujours, au mieux, à quelques rapides embrassades pour nous saluer.

Mais Drake ne recule pas.

— De rien.

Sa voix est assez grave pour me paraître séduisante, même si son air sombre ne l'a pas quitté.

Je me balance d'un pied sur l'autre et mes orteils gelés protestent douloureusement alors que le sang circule de nouveau. Mieux vaudrait capituler. M'en aller sans chercher à m'expliquer. Mais mes pieds refusent de m'obéir. L'indécision me pétrifie. Je me raccroche au bord de cette nouvelle vie si convoitée. La position est très inconfortable pour une femme engagée dans une mission aussi audacieuse...

Dans une tentative désespérée de m'épargner la honte, je lui lance :

— Écoute, Drake, c'est un peu grossier de faire attendre une femme, non ?

Depuis quand l'envie de fuir l'effet dévastateur de son regard sur mon rythme cardiaque surpasse-t-elle celle de saisir l'occasion de changer de vie ?

Il esquisse un sourire dépourvu d'humour et se détourne, puis secoue la tête, comme s'il n'arrivait pas à croire à mon entêtement. Et pourtant nous sommes là, tous les deux. La soirée de Drake est gâchée, mon plan est tombé à l'eau et nous restons immobiles sous la pluie au fond d'une impasse.

— Si nous nous mettions à l'abri ? suggère-t-il. Nous discuterons au chaud.

Il pose sa large paume sur mon coude et entraîne mon corps tout raide vers l'entrée des cuisines.

Je freine des quatre fers, le cœur battant. Revenir sur la scène du crime est la dernière chose que je désire au monde. Expliquer ma tristesse, ma solitude, le chômage, à ces deux couples d'amoureux, c'est trop douloureux... En plus, j'ai froid, je suis trempée et épuisée. Je préfère faire machine arrière.

— En fait, je t'appellerai demain, dis-je avec un sourire forcé qui vise à le convaincre. Je t'expliquerai tout au téléphone, d'accord ? J'aurais dû commencer par ça, d'ailleurs. Retourne profiter de ta soirée !

Oui, tout se serait mieux passé si je l'avais appelé. Pourquoi n'y ai-je pas pensé plus tôt ?

Il me fusille du regard et pousse un soupir.

— J'ai dit aux autres de rentrer. Ils sont partis.

J'écarquille les yeux.

— Mais pourquoi ?

Une ridicule bouffée d'espoir, délicieusement réconfortante, vient de m'envahir.

— Parce que nous avions fini de dîner et que j'ai envie de comprendre ce que tu veux de moi.

Il s'arrête sur la dernière marche du perron et je me dis que je ferais mieux de détourner les yeux de sa chemise blanche, sous laquelle je devine les muscles saillants qu'il n'a pas perdus depuis l'armée.

Il désire entendre ma triste histoire. Eh bien, n'est-ce pas justement pour cela que je suis venue ?

Je comprends que les battements de mon cœur et la moiteur de mes mains n'ont plus rien à voir avec la nervosité et l'humiliation, mais sont plutôt liés aux hormones. Car la main délicieusement posée sur mon coude, même à travers les deux couches de tissu, me rappelle que je suis une femme.

Une femme bien décidée à donner la bonne direction à sa vie.

À tous les aspects de sa vie… ?

Je me mords les lèvres et étouffe un grognement. Ce contact innocent – si ferme, si maîtrisé, si impé-rieux – est vraiment agréable. Cela fait trois longues années que je n'ai pas approché d'homme, et quelque chose en Drake – cette assurance, ce contrôle de lui-même qui le caractérise, tout comme la discipline du soldat qu'il était – ravive mon corps endormi.

Je dégage mon bras et j'entends mon estomac capricieux gargouiller sous l'effet de mes traîtres pensées. Drake pianote le code d'entrée sur le panneau à côté de la porte.

Un nouvel effluve de parfum chaud et odorant me parvient de sa veste. Toutefois, il n'y a pas de place ici pour les élans saugrenus de fantaisie sexuelle.

Je suis venue pour qu'il me procure un emploi et, de toute façon, il ne penserait jamais à moi de cette façon.

Drake était le meilleur ami de Sam.

Sam est mon défunt mari.

Un goût amer m'emplit la bouche. Je dois être fatiguée. La réaction de mon corps à ses regards désarmants et à ses mains chaudes n'est que le fruit d'une trop longue abstinence.

Je peux aussi l'imputer au stress d'avoir ourdi puis mis à exécution ce stratagème en vue de donner une nouvelle orientation à ma vie, maintenant que ma sœur est devenue adulte.

J'entends un cliquetis électronique et Drake pousse la porte.

— Vas-y, entre, m'ordonne-t-il.

Il me dévisage puis baisse le regard vers mes vêtements trempés.

— Il faut que tu te réchauffes, ajoute-t-il. Ensuite, nous parlerons.

Ces prunelles émeraude sont tellement péné-
trantes…

— Enfin, toi, tu parleras, rectifie-t-il.

Mon estomac gargouille de nouveau sous l'air
autoritaire de ce Drake que je connais si mal. L'idée
qu'il me réconforte plus qu'il m'irrite me contrarie.

— De quoi s'agit-il ? lui dis-je avec vigueur.
D'un interrogatoire ? Tu vas me planter des allu-
mettes sous les ongles ? Tu n'es plus dans l'armée,
maintenant !

Ma hargne me fait monter le rouge aux joues. Je
dois me ressaisir avant de gâcher cette chance. Je
suis près de passer maître dans l'art du sabotage.

— Je sais, mais il me reste encore les techniques.

Drake me sourit, et je me demande si ce n'est
pas la première fois.

J'ai de plus en plus de mal à respirer. Est-il en
train de flirter avec moi ?

La chaleur de son regard et son sourire espiègle
me font fondre de plaisir. J'ai l'impression qu'un
nuage de vapeur va sortir de ma tête.

Drake me tient la porte et je savoure la lumière
et la chaleur qui nous accueillent.

— C'est toi qui es venue me voir, me rappelle-
t-il, mais, cette conversation, nous pouvons l'avoir
soit confortablement installés à l'intérieur, soit
dehors sous la pluie. À toi de choisir, les deux me
conviennent, conclut-il.

Il attend, comme s'il disposait de tout son temps.
Comme s'il était immunisé contre les températures

glaciales. Comme s'il était encore habitué aux désagréments et à la discipline de l'armée.

Maintenant, je ne sais plus si les frissons qui me parcourent sont dus à la température ou aux conflits qui m'habitent. J'hésite entre fuir les regards insondables de Drake et le suivre pour prolonger cette conversation, qui est déjà la plus longue que nous ayons eue, lui et moi.

Je fais un pas à l'intérieur en m'efforçant de ne pas regarder sa chemise mouillée plaquée contre son torse. Je ne devrais pas trouver cet homme séduisant. Il n'a pas besoin de moi, il ne voudrait jamais de moi. Le simple fait de prêter attention à son physique séduisant me remplit la bouche du goût amer de la trahison.

Mais Sam n'est plus là et j'ai vingt-huit ans. Ma réaction face à Drake prouve simplement que je ne suis pas immunisée contre les charmes du sexe opposé… ou, tout au moins, contre ceux de cet homme. Devrais-je rester célibataire pour le restant de mes jours ?

Il est vrai que je n'ai désiré personne ces trois dernières années, mais je suis une femme et Drake remplit ses costumes comme il remplissait son uniforme, de la manière la plus virile qui soit. C'est un homme au meilleur de sa forme. Il faudrait que je sois morte pour ne pas sentir le courant électrique qui passe dans les parties engourdies de mon système nerveux.

Et je n'ai aucun moyen d'échapper à Drake. À son regard profond, sombre et pénétrant, au passé que nous avons partagé, alambiqué, confus, ou à mon stratagème avorté et aux explications que je lui dois.

J'essaie de contrôler ma respiration en suivant ses longues enjambées. Sa carrure imposante me dissimule l'endroit vers lequel nous avançons. C'est cela que je suis venue chercher : son attention. Il me suffit maintenant de plaider ma cause, en espérant qu'il comprendra ou, au moins, que je sauverai ma dignité. Dans ce cas, pourquoi est-ce que je me sens prête à capituler et à quitter le ring ?

2

Drake

Mon pouls bat comme celui d'un jeune chiot excité lorsque je conduis Kenzie de l'entrée de service à l'ascenseur qui monte aux appartements privés du Faulkner.

L'idée de l'emmener dans une des chambres d'hôtel que j'utilise lorsque je finis tard ou que j'ai un rendez-vous galant fait résonner une sirène d'alarme dans ma tête.

Un avertissement que le masochiste en moi fait taire aussitôt.

Car Kenzie et moi ne sortons pas ensemble. La partie égoïste de mon être aimerait pourtant que le mot « nous » soit aussi simple que cela, mais il n'y a pas de « nous ».

La douleur viscérale qui me transperce est un rappel puissant pour mon sexe, qui s'est durci dès l'instant où j'ai découvert Kenzie dans le restaurant.

La discipline militaire que j'ai acquise m'aide à chasser les images de toutes les choses les plus épouvantablement lubriques que j'aimerais lui faire –

Kenzie s'en irait en courant si elle savait ! Je suis tenté de me jeter au sol pour faire une centaine de pompes dans le but de m'épuiser.

Car la femme qui marche près de moi dans ce couloir et qui me décoche des regards prudents pourrait tout aussi bien être une nonne. Elle est intouchable.

Et cela me contrarie beaucoup.

J'ai l'habitude de me comporter en salaud autoritaire dès que le désir se fait sentir dans mon corps. Or, le désir, McKenzie Porter sait l'éveiller en moi comme aucune autre femme. J'inspire lentement pour me calmer, mais c'est une erreur : cela fait pénétrer son parfum subtil jusqu'à ma tête, là où il n'a rien à y faire et où il met à l'épreuve ma capacité à me contrôler.

Que fait-elle ici, en chair et en os ? Il ne s'agit pas de la version rêvée, celle avec laquelle j'ai passé tant de temps au fils des années. C'est bien la vraie ! Et à quoi rime sa venue ce soir ?

J'ouvre la bouche pour lui reposer la question, puis me ravise. Elle est gelée et tremble de tous ses membres.

Au lieu de parler, je me gratte la tête en essayant de réfléchir à ce dessert qu'elle m'a apporté tout à l'heure. Elle voulait attirer mon attention, a-t-elle dit. Mais, pour cela, il lui suffisait juste d'entrer dans le restaurant ! Si j'étais un missile à tête chercheuse, elle serait le soleil...

— Je suis navrée d'avoir interrompu ton dîner avec cette femme.

Voilà qu'elle recommence ! Je lis une vulnérabilité mêlée de courage dans son regard, et j'ai envie de lui dire qu'elle a le droit de gâcher tous mes rendez-vous galants.

Dire que, depuis que je la connais, j'ai passé toutes ces années à la tenir à distance, et que je suis en train de tout gâcher en une seule fois !

— Tu n'as rien interrompu du tout. Nous avions terminé.

Kenzie a mis fin à une soirée très agréable autour d'un excellent repas qui promettait d'être suivie d'une nuit de sexe comme tant d'autres. Quel dommage que cinq minutes de conversation avec elle puissent éclipser une centaine d'étreintes avec une autre, comme le prouve la montée brutale de testostérone contre laquelle je dois lutter maintenant ! Mon corps vibre en sa présence comme des lignes à haute tension à l'approche d'un orage.

Je me concentre sur quelque chose de terre à terre pour contraindre ma libido à obéir à mes ordres. Quand on dort dans des baraquements avec trente camarades, on apprend à contrôler les parties de son corps qui sont animées d'une vie propre. La technique, que j'ai pratiquée un bon millier de fois en présence de Kenzie, me rappelle notre première rencontre, trente secondes avant que mon meilleur ami attire son attention.

J'avale le goût amer qui vient d'envahir ma bouche et je jure en mon for intérieur. J'ai eu beau essayer, je n'ai jamais réussi à refouler les sentiments que m'inspire cette femme. Les années qui viennent de s'écouler et le moment où elle est tombée amoureuse de Sam avant de l'épouser et de le perdre ne comptent pas.

Je la désire.

Je l'ai toujours désirée.

Et je n'ai jamais pu m'en empêcher.

C'est la raison pour laquelle j'ai veillé à rester loin d'elle. Non seulement je n'ai pas cessé de convoiter la femme de mon meilleur ami, mais Sam n'est plus là pour me donner un bon coup de poing au visage, comme je le mérite.

De toute façon, je ne mérite pas Kenzie.

La culpabilité et le dégoût qui me vrillent l'estomac m'aident à calmer mon érection. Je sais qu'il ne va rien se passer entre nous.

L'ascenseur finit par arriver et nous pénétrons dans la cabine généreusement éclairée et décorée de miroirs. Je dissimule mes émotions derrière une expression neutre tout en me demandant comment je vais réussir à survivre à la prochaine demi-heure. Dès que je me serai débarrassé de Kenzie, je prendrai une douche froide.

— Ashley et toi, vous sortez ensemble depuis longtemps ? me demande-t-elle en s'adossant contre le mur.

Elle me fixe de ses yeux magnifiques teintés de doute.

— J'espère qu'elle te pardonnera de l'avoir laissée en plan pour venir t'occuper de moi, ajoute-t-elle.

Pour venir m'occuper d'elle ? Sait-elle lire dans mes pensées et deviner toutes les façons dont j'aimerais m'occuper d'elle ? Sait-elle qu'elle est la protagoniste de rêves qui me réveillent en sursaut la nuit, le corps trempé de sueur et le sexe dur comme de la pierre ? J'ai déjà eu de sérieuses discussions avec mon subconscient à ce sujet, sans résultat.

— Nous ne sortons pas ensemble, je réponds d'un air indifférent. Je la vois de temps en temps, c'est tout.

Je peux parler de la même façon de toutes les femmes que j'ai fréquentées ces dernières années.

En m'engageant dans une relation plus sérieuse, j'en serais venu à établir des comparaisons qui auraient creusé encore le gouffre entre la réalité et le fantasme d'imaginer ce que j'aurais pu vivre avec Kenzie.

Je détourne le regard et m'absorbe dans la contemplation du panneau numérique. Il me reste encore trente secondes de supplice à endurer dans cet endroit clos, si près d'elle. Je respire lentement pour dissiper le vertige qui me saisit et éloigne le regard de toutes les sources de fantasmes érotiques qui me hantent depuis la première fois que je l'ai vue. Je m'efforce de ne pas m'attarder sur la perfection de ses traits.

— Tu es pâle, lui dis-je.

Est-ce la fatigue, ou autre chose ?

Je ferme le poing pour m'empêcher de resserrer ma veste autour d'elle ou de la boutonner jusqu'au cou pour la protéger de mon regard lubrique. Je serre très fort la rampe. J'ai beaucoup de mal à me contrôler – autre raison pour laquelle j'ai pu me tenir si facilement éloigné d'elle.

Elle hausse les épaules.

— Je vais bien.

Je la scrute pour trouver des indices. Puis mon estomac remonte, comme si la cabine descendait alors qu'elle file vers le dernier étage. Kenzie est-elle malade ? Est-ce cela qu'elle est venue m'annoncer ? Elle est peut-être mourante et je n'en sais rien ! Hormis ce que je me suis efforcé d'ignorer du temps où Sam était encore en vie et ce que j'ai réussi à glaner sur les réseaux sociaux ces trois dernières années, Kenzie est une étrangère pour moi.

J'ai veillé à ce qu'elle le reste, afin de me racheter et de me préserver.

La panique m'envahit soudain au souvenir du dessert qu'elle a déposé devant moi sur la table. Elle est venue avec un objectif. Et je sais qu'elle a une passion pour la cuisine.

Mais elle vit à Bath avec sa sœur autiste, de neuf ans sa cadette. Cela fait un long voyage pour apporter un dessert.

Une autre montée d'adrénaline me coupe le souffle. Tilly est-elle malade ? Ont-elles besoin d'aide ? D'argent ? Suis-je la seule personne au monde vers laquelle elle peut se tourner ? Je déglutis péniblement. L'ai-je négligée à ce point ? Sam doit tellement lui manquer ! Elle est beaucoup trop jeune pour être veuve. Et beaucoup trop belle aussi.

Mon sang se glace tandis qu'une autre pensée me traverse : j'ignore si elle vit en couple. Trois années de célibat, c'est long. Je serre les poings, prêt à frapper le salaud qui la toucherait. Cette simple idée suffit à gâcher le succulent dîner que je viens de prendre.

C'en est assez.

Un seul regard sur McKenzie Porter suffit à mettre le chaos dans ma vie bien réglée. Je me répète alors mon mantra : garder mes pensées, mes yeux et mes mains loin d'elle. Elle est la femme de Sam.

Je suis à deux doigts de me frapper la tête contre la paroi de la cabine pour revenir à la raison et contrôler ma libido quand l'ascenseur s'arrête en émettant un tintement libérateur. Je me réjouis d'avoir survécu à l'épreuve.

— Nous aurions pu discuter en bas, au bar, remarque-t-elle avec un air de reproche qui me rappelle l'époque où elle s'emportait contre Sam, quand ce dernier lançait des blagues salaces.

Les portes s'ouvrent en silence.

— Trois ans, c'est long, lui dis-je. Ça mérite un entretien en privé, tu ne crois pas ?

Je lui tends mon bras.

Elle pince les lèvres.

— Je viens tout juste d'emménager à Londres, répond-elle. Si tu avais voulu me poser des questions sur ma vie, tu savais où le faire.

L'envie pressante d'embrasser ses lèvres sensuelles s'empare tout à coup de moi avec une force inédite. Comment cette femme peut-elle produire un tel effet sur moi ? Est-ce parce qu'elle m'est interdite ?

Jamais je ne me serais cru aussi puérile et dénué

de scrupules mais… tout ce qui peut m'aider à garder mes distances avec elle est bon à prendre.

Elle s'immobilise à la sortie de l'ascenseur et je lui montre la direction. Elle s'engage dans le couloir en avançant de sa démarche sensuelle.

— C'est vrai, je l'avoue.

Pendant tout ce temps, je savais où elle habitait, mais je ne pouvais absolument pas me mêler à sa vie.

— Seulement, je savais que, si tu avais besoin de moi, tu pouvais m'appeler.

Alors que je prononce ces mots, l'aiguillon de la culpabilité me transperce. Je savais bien qu'elle ne m'appellerait pas. L'ai-je punie, elle aussi, en voulant me punir moi-même de la désirer, de garder des secrets, de l'avoir condamnée à une vie sans Sam ? Je réprime une grimace et serre les dents.

En me châtiant et en évitant de succomber à la tentation, j'ai failli à une obligation : la promesse faite à Sam, alors qu'aucun de nous ne pensait que je devrais l'honorer un jour.

Il valait mieux que je garde mes distances. Mieux pour elle, parce qu'elle n'aurait pas aimé entendre ce que j'avais à lui dire, et mieux pour ma conscience peu scrupuleuse. Parce que, le jour où j'ai tenu si fugacement dans mes bras McKenzie en larmes qui pleurait un autre homme – un homme que nous aimions tous les deux, auquel j'avais fait une promesse et vis-à-vis duquel j'ai gardé des secrets –, mes pensées n'étaient pas complètement innocentes.

Une fois devant la porte de la suite située au bout

du couloir, elle se tourne vers moi et m'observe dans la pénombre avec ses grands yeux qui percent mes défenses.

— Je veux que tu saches que je ne serais pas là si je n'étais pas désespérée, dit-elle.

Elle rougit, cligne des paupières et se détourne.

Désespérée ? Mon ventre se serre tandis que je fouille toutes les possibilités. Je l'ai abandonnée, mais c'était préférable pour elle.

Allons, plus vite elle se sera réchauffée, plus vite elle m'expliquera ce qu'elle est venue chercher et plus vite je pourrai la renvoyer chez elle.

— C'est ça, dis-je d'un ton mordant. En règle générale, tu n'as pas besoin de moi, mais moi j'ai failli à tous mes devoirs en ne t'appelant pas.

Son regard noir se teinte d'humour.

— Bien vu !

J'ouvre la porte et allume en veillant à lui taire les vraies raisons qui m'ont tenu éloigné d'elle. De douloureuses paroles cachées au plus profond de mon être pour qu'elles ne blessent personne. Ni Kenzie ni le souvenir de Sam. Et qu'elles ne réduisent pas à néant l'espoir de partager sa vie un jour. Rester une simple connaissance vaut mieux que rien.

Cette distance m'aide à demeurer sain d'esprit.

— Que veux-tu boire ? je demande. Du thé ? Du café ? Un alcool ?

Bon sang, j'ai vraiment besoin d'une boisson forte. Je défais les boutons de mes manches, que je remonte rapidement. La température pourtant agréable de la pièce me paraît étouffante.

— Tu as du vin ? demande-t-elle.

Je hoche la tête, puis je vais lui chercher une serviette dans le placard de l'entrée. Je la lui tends à bout de bras. Elle m'adresse un sourire reconnaissant.

— Merci, dit-elle, avant de commencer à sécher les pointes de ses cheveux.

Elle porte toujours ma veste, bien trop grande pour elle, et cette marque de possession fait bouillonner mon sang. De quoi aurait-elle l'air dans l'une de mes chemises, complètement nue dessous ? Comment réagirait sa peau caressée par ma barbe de trois jours ? Y verrais-je comme une carte de tous les endroits de son corps où j'aurais eu la chance de poser les lèvres ?

— Assieds-toi, lui dis-je. Je vais te chercher un verre.

Et prendre un seau d'eau pour hydrater ma gorge...

Je gagne la cuisine et allume la chaîne stéréo. Une musique de fond fera une distraction bienvenue. Je choisis le vin, tout en sachant que boire de l'alcool en présence de Kenzie est un peu dangereux, mais j'ai besoin d'occuper mes mains impatientes et ma bouche avide en attendant qu'elle parte.

Je me réprimande en silence. Je suis capable d'un peu d'autodiscipline, non ? Je suis devenu un expert pour résister à la tentation que représente Kenzie. Et ce n'est pas parce qu'elle est venue me trouver que tout a changé.

J'apporte le vin et les verres dans le salon et je trouve Kenzie, les mains tendues devant la cheminée, qui se réchauffe.

— J'ai fait du feu, m'annonce-t-elle d'un ton hésitant. J'espère que tu n'y vois pas d'inconvénient…

— Bien sûr que non ! D'ailleurs, je vois que la chaleur t'a redonné des couleurs.

Elle sourit, retire ma veste et la pose sur le dossier d'une chaise. Je détourne les yeux en me disant qu'après son départ j'enverrai tout de suite ce vêtement au pressing pour ne pas être tenté de humer son parfum resté dessus. Puis elle ôte sa veste en jean et mon esprit se fige.

Sa chemise blanche encore humide de pluie est presque transparente. J'ai le plaisir d'entrevoir la dentelle qui couvre ce que j'imagine être des seins spectaculaires, avant de me concentrer sur le vin, que je sers d'une main tremblante.

Bon sang, il ne faut pas que je pense à ses seins…

— Tu ne veux pas que je te prête des vêtements pour te changer ? Un peignoir ?

Un cri résonne dans ma tête alors que je prononce ces mots. Non, ce n'est pas une bonne idée, elle ne doit surtout pas se déshabiller, même dans une autre pièce. Même dans un autre pays, elle serait encore trop près de moi. Je déglutis et éloigne mes pensées de son corps nu et des gémissements qu'elle laisserait échapper si je la faisais jouir avec ma langue…

— Non, ça va aller, merci.

Je lui tends un verre. Son sourire s'élargit à la vue de la bouteille.

— Oh ! du pinot noir ! C'est mon cépage préféré !

— Vraiment ?

Je hausse les épaules comme si je ne connaissais pas ce petit détail. Ignorant l'éruption volcanique qui secoue tout mon corps, j'attise un peu le feu. Elle me gratifie de l'un de ses sourires renversants.

Elle s'assoit et je viens m'installer à côté d'elle sur le canapé.

Je peux le faire. Je suis capable de me dominer. D'entretenir une relation amicale, fondée sur notre amour pour Sam.

Je me rappelle mes bonnes manières, lève mon verre et trinque avec elle tout en dissimulant tant bien que mal mon tumulte intérieur.

— À ta santé ! Et aux rencontres imprévues.

Surtout, ne pas boire à l'amitié. Jamais.

J'avale une gorgée mais le vin me paraît acide. J'aurais dû porter un toast à Sam. Peut-être est-ce de lui qu'elle est venue me parler.

Mes tempes se mettent à bourdonner. Je dois trouver une échappatoire.

Kenzie prend une longue gorgée de vin et repose le verre. Un pli soucieux barre son front.

— Si je comprends bien, tu as quitté l'armée pour de bon ? demande-t-elle.

Elle croise ses jambes minces gainées d'un collant noir transparent. Je détourne les yeux.

— Oui. J'ai fait deux périodes de service et ensuite…

Je pince les lèvres. Le vin me brûle l'estomac, à présent.

Son regard expressif se fige et ma langue reste

collée à mon palais. Je ne souhaite pas parler de ce jour-là – du pire jour de notre vie, j'imagine.

— Il fallait que je fasse autre chose et le moment m'a semblé propice pour changer.

Je souffle enfin. Contrairement à beaucoup d'autres, je n'ai pas honte de reconnaître que j'ai souffert de stress post-traumatique. Cependant, ouvrir cette boîte de Pandore risque de soulever d'autres questions auxquelles je n'ai aucune envie de répondre. Ce qui m'importe en ce moment, c'est de savoir pourquoi Kenzie est là.

— Alors, dis-moi, maintenant… Tu avais besoin de moi pour quelque chose ?

Un nouvel aiguillon de culpabilité me transperce.

Elle déglutit, baisse les yeux et ôte une peluche de sa jupe.

— Je suis désolée d'être venue interrompre ta soirée, répète-t-elle encore avec un petit rire forcé. On dirait qu'aucun de nous ne dormira en galante compagnie ce soir. Dans ton cas, ce doit être assez rare.

Je manque de m'étrangler avec mon vin. Fait-elle exprès de me torturer ? Une foule d'images me viennent à l'esprit, je les chasse autant que possible. Mais que veut-elle dire au juste ? Qu'elle-même n'a couché avec personne depuis Sam ?

Ma bouche est devenue aussi sèche que du papier. Je suis trop excité pour réfléchir et trop effrayé pour lui poser cette question indiscrète. D'autant que, si j'ai mal compris, je risque bien de rendre mon repas…

Je remets la conversation dans le bon axe :

— Explique-moi juste pourquoi tu es venue. Je t'écoute.

Elle pose les yeux sur moi. Son regard exprime une certaine vulnérabilité, alors que, dans mon souvenir, Kenzie est une personne très forte.

— Je... Je voulais que tu goûtes mon dessert.

— Quoi ? C'est toi qui l'as confectionné ?

Avant la mort de Sam, elle travaillait comme auxiliaire dans un établissement pour enfants handicapés. Un travail qui lui donnait la flexibilité nécessaire pour s'occuper de Tilly, alors adolescente.

En dehors de ça, je sais que Kenzie est un vrai cordon-bleu. Du temps de Sam, elle concoctait toujours de bons petits plats pour lui, pour Tilly et pour moi. Elle disait que j'étais son « cobaye », les rares fois où je ne pouvais pas décliner son invitation sans passer pour un malotru. Son rosbif au raifort maison me poursuit encore... Sam était un sacré chanceux à bien des égards.

— Eh oui... Et j'ai élaboré ce stratagème ridicule pour que tu puisses le goûter, dit-elle en baissant les yeux.

— Si je comprends bien, tu t'es lancée dans la pâtisserie ?

Elle secoue la tête, le rouge aux joues. Est-ce à cause du vin ? Du feu ? Ou bien est-elle gênée d'avoir été contrainte de venir me trouver, moi ? Celui qui l'a abandonnée après la mort de son mari, qui était aussi mon meilleur ami ?

— Après Sam, j'ai eu besoin de prendre un

nouveau départ, explique-t-elle. De faire quelque chose pour moi-même.

Elle plante son regard dans le mien, comme pour me supplier de la comprendre.

Je hoche la tête. Ma carapace est en train de se fissurer, au point que je lui fais à mon tour un aveu.

— Je comprends. Moi, j'ai eu de la chance d'avoir un travail vers lequel me tourner après l'armée.

J'omets de lui dire que ce boulot m'a empêché de devenir fou de chagrin et de culpabilité. Que, sans lui, je serais sans doute allé la retrouver pour lui avouer tous ces sentiments que je refoulais parce que je n'avais pas le droit de les éprouver.

Elle me sourit et continue :

— Tilly est une femme, maintenant.

Son regard s'adoucit quand elle évoque sa sœur et elle déglutit péniblement.

Je me fige. Si jamais elle fond en larmes, je céderai à la tentation de la prendre dans mes bras. Et, là, je ne répondrai plus de moi.

— Elle n'a plus autant besoin de moi qu'avant, conclut-elle.

Puis elle se ressaisit et son visage s'éclaire.

— Je me suis donc tournée vers ce que j'aime faire.

L'excitation fait maintenant danser des étoiles dans ses prunelles.

— J'ai toujours rêvé de travailler dans la restauration, explique-t-elle. Et je ne suis pas mauvaise, je pense. En tout cas, je ne t'ai jamais empoisonné, si ?

Elle esquisse un rictus presque insolent qui m'évoque un millier de souvenirs confus.

Je lui décoche un sourire sincère, le premier depuis que je me suis retourné, au restaurant, pour la découvrir juste derrière moi.

— Tu plaisantes ? Tu cuisines merveilleusement bien ! Les cookies que tu nous envoyais étaient délicieux. Tous les gars de l'unité tournaient autour de Sam comme des mouches quand ils voyaient arriver tes colis.

Kenzie émet un petit rire, puis un pli amer marque ses lèvres. Elle est en train de penser à Sam.

Je repousse la tentation de la consoler.

— C'est sûr que tu es une excellente cuisinière, je conclus.

Est-elle venue chercher mon approbation, une lettre de recommandation ?

— Merci.

Son regard est empreint de doute. Elle semble hésiter.

— Je... Je crois que, si je m'étais simplement présentée pour te demander du travail, tu te serais senti obligé de dire oui... Enfin... à cause de Sam. Là, j'espérais que mon dessert parlerait en ma faveur. C'était stupide de ma part, vraiment stupide.

Elle boit une nouvelle gorgée de vin. J'ai envie d'aller vers elle, de la réconforter, de lui dire qu'elle n'a jamais rien fait de stupide de sa vie. Je jette un coup d'œil discret à ma montre en me demandant dans combien de temps je pourrai la renvoyer chez elle.

— Dis-moi comment je peux t'aider.

Je suis prêt à faire tout mon possible pour elle, à la dédommager de ces longues années d'épreuves que je lui ai causées.

Elle se mord la lèvre et paraît perdue.

Je suis du bout du pouce le bord de mon verre pour résister à l'envie de la toucher. Ses lèvres sont-elles aussi douces qu'elles en ont l'air ? Que lirais-je dans son regard si expressif si je me hasardais à franchir la ligne rouge ? Me repousserait-elle vivement en me disant qu'il ne lui est jamais venu à l'idée de faire ça avec moi ? Que je trahis la mémoire de Sam en imaginant qu'il puisse y avoir avec elle autre chose qu'une amitié distante ?

Rien que je ne sache déjà…

Elle se ressaisit et relève la tête en soutenant mon regard.

— J'espérais qu'en goûtant ce dessert de mon cru tu verrais que je suis vraiment sérieuse, maintenant que je suis libre de me lancer dans une carrière. Tu pourrais m'aider en faisant abstraction de… des liens que nous avions.

« Des liens que nous avions »… Bon sang, elle n'aurait pas pu choisir une formule plus neutre. C'est déprimant. Mais juste.

— Comme j'avais déjà été refusée pour le poste, j'ai agi en désespoir de cause, conclut-elle.

Ses épaules s'affaissent tandis qu'elle contemple les flammes.

Tous mes instincts protecteurs se réveillent. Je serre fortement le pied du verre.

— Tu as été refusée ?

Elle acquiesce.

— Bah, ce n'est pas très grave, répond-elle avec un sourire si triste qu'il en est désarmant. Ce n'est pas facile de trouver une place dans un grand restaurant, même à l'extérieur de Londres. Crois-moi, je serais restée à Bath si j'avais eu le choix. Mais Tilly s'est installée ici pour pouvoir étudier à la London School of Economics et, même si elle tient à son indépendance, certains jours, elle a encore du mal. Il faut que je reste à proximité d'elle, en cas d'urgence.

Un déluge glacial s'abat sur ma tête au moment où je comprends toutes les conséquences de ses paroles. Kenzie vit ici, maintenant. À deux pas de chez moi. Je m'efforce de contrôler ma respiration. Ce n'est pas une bonne nouvelle. Comment pourrai-je dormir la nuit si je la sais dans ma ville mais pas dans mon lit ? Tout près de moi, mais toujours hors de portée ?

Mon cerveau consumé de désir finit par recoller tous les morceaux.

— Tu as postulé pour le poste de second ?

Elle fait oui de la tête, le regard de nouveau brillant d'excitation.

— Tout en sachant que je n'ai pas l'expérience requise pour un restaurant de la renommée du Faulkner…, ajoute-t-elle.

Elle est assise au bord du canapé, tournée vers moi. J'essaie de me concentrer sur ce qu'elle me dit et non sur sa bouche sensuelle. Je perçois sa respiration hachée.

— Je me suis convaincue que je devais saisir ma chance, maintenant que je suis libre de me consacrer pleinement à ce que j'aime. J'ai juste besoin d'une période d'essai. D'une occasion de prouver que je suis digne de ce poste et que je suis capable d'apprendre.

Elle a mis de côté sa passion pour la cuisine le temps d'élever sa sœur. Elle se serait peut-être lancée plus tôt si elle n'était pas devenue veuve par ma faute.

Je suis prêt à lui dire oui, mais je pince les lèvres. Sa présence à Londres sera déjà une tentation, alors la savoir sur mon lieu de travail tous les jours… La lueur d'espoir qui pointe derrière son expression circonspecte, comme si elle avait peur de trop rêver, me déchire.

L'euphorie de l'instant s'estompe, réduite en lambeaux. Je me fige pour rester en place et me racle la gorge.

— Il me semble que nous avons déjà embauché une autre personne à l'essai, un certain Dominic Brown.

Elle secoue la tête, le regard sombre mais le menton levé avec détermination.

— Je vois. Mais n'est-il pas possible de travailler à tour de rôle, par roulement ? Vous auriez deux personnes pour le prix d'une.

Chaque battement de cœur est douloureux. J'ai le pouvoir de l'aider, mais c'est un risque que j'hésite à prendre. Elle devine mes réticences, mais ne veut pas lâcher. Elle se lève d'un bond.

— Je travaillerais autant d'heures qu'il le faut ! J'ai de très bonnes références et, s'il s'avère que je ne suis pas faite pour le poste, si cela ne fonctionne pas, tu n'auras pas à avoir de scrupules, tu pourras me virer.

Ses joues sont rouges d'enthousiasme. J'ai l'impression de recevoir un coup de poing dans les côtes en croisant son regard brillant. Pour elle, c'est bien plus qu'un simple emploi. C'est encore plus important que de s'occuper de Tilly. C'est une question personnelle. Kenzie était très jeune quand elle a perdu ses parents et elle est devenue la tutrice de Tilly, ce qui l'a obligée à mettre ses rêves de côté pendant un temps. Et maintenant elle vient me trouver, moi, la seule personne qui ne mérite pas sa confiance…

— Tu sais, je ne pense pas que ce soit une bonne idée.

Bon sang… Cette réponse est minable. Je peux faire mieux.

— Notre chef n'est pas un homme facile.

Kenzie fronce les sourcils.

— Je ne te demande pas l'aumône, ni même un traitement de faveur, rétorque-t-elle, pas dupe. Je voudrais juste avoir l'occasion de faire mes preuves, de découvrir si j'ai ce qu'il faut pour travailler dans un grand restaurant. Je veux être traitée exactement comme Dominic Brown, pas comme la protégée du patron, et, si le chef est de mauvaise humeur, j'en fais mon affaire.

Je me frotte le menton en pesant le pour et le contre. Supporterai-je de la voir tous les jours ? Faudra-t-il que je me trouve un autre restaurant où prendre mes repas ? Je pourrais travailler dans les bureaux du groupe, avec Reid et Kit. Dans ce cas, je ne verrais Kenzie que les jours de réunion avec Rod, notre chef trop capricieux, qui fait la loi en matière d'embauches et de licenciements dans ses cuisines. Enfin, comme je suis un Faulkner, le patron des patrons, il est obligé de m'écouter tout de même. Si je veux que Kenzie fasse un stage, il n'aura pas à contester ma décision.

Mon estomac se contracte soudain et je fais la grimace. Il est de notoriété publique que Rod est un homme à femmes. Il couche avec toutes les serveuses célibataires et avec la moitié de celles qui sont mariées. Il est responsable du départ de l'ancienne sous-chef. L'idée qu'il va travailler un jour sur deux avec Kenzie…

Non, pas question. Je vais la renvoyer chez elle. Briser ses rêves. Ce ne sera pas la première fois que je gâche sa vie. Je pose mon verre pour ne pas le jeter contre le mur.

— Je travaillerai dur, je te le promets, supplie-t-elle. Et je ne demanderai aucune rémunération.

Tout en disant ces mots, elle fouille dans la poche de sa veste en jean.

— D'ailleurs, je suis venue te rapporter ceci.

Je contemple ce qu'elle me tend comme s'il

s'agissait d'une grenade dégoupillée, et je sens mes cheveux se hérisser sur ma nuque.

— Qu'est-ce que c'est ?

Voyant que je ne prends pas l'enveloppe, elle la pose devant moi sur le canapé, comme si elle voulait ériger une barrière entre nous.

— Les chèques que tu m'as envoyés.

Son regard s'est durci et je sens monter la nausée. Elle aurait tout aussi bien pu me frapper dans les parties basses. Je réprime un soupir. C'est un camouflet.

— Mais cet argent était pour toi ! je proteste.

C'était le prix de ma culpabilité…

Elle détourne les yeux comme si elle savait ce qui allait suivre et ne voulait pas l'entendre. Tout comme je n'ai moi-même aucune envie de le lui dire, ni de reconnaître la sinistre vérité.

Je le lui dis quand même, parce que, si, pendant toutes ces années, elle n'a encaissé aucun de mes chèques, j'ai besoin d'un appui. De lui faire du chantage.

— Je lui ai promis de veiller sur toi.

En prononçant ces paroles, j'invite Sam dans la pièce. Cet acte tempère toutes mes ardeurs et sert de rappel à Kenzie : certaines promesses tiennent toujours.

— Et je tiens à t'aider, j'ajoute.

Mon estomac fait de drôles de bruits. Bien évidemment, Sam aussi m'a fait des promesses. Celle de mettre de l'ordre dans sa vie et de paraître propre face à Kenzie.

Les beaux yeux mélancoliques de Kenzie à l'évocation de son nom sont le signe qu'il n'a rien réglé du tout, et mon fardeau devient alors deux fois plus lourd.

Une moue déterminée se forme sur les lèvres douces et pleines de mon interlocutrice.

— J'apprécie ton geste, Drake, vraiment, mais je ne veux pas de cet argent. Je n'en ai pas besoin. En revanche, tu peux m'aider en me donnant une chance de décrocher ce poste.

Je retrouve bien là sa force de volonté et son esprit d'indépendance. Ces merveilleuses qualités que j'ai toujours admirées en secret.

— Je sais que tu n'en as pas besoin, lui dis-je.

Kenzie est la femme la plus forte que je connaisse. Elle a surmonté ses épreuves avec autant de courage qu'un escadron d'hommes.

Elle s'absorbe dans la contemplation du tapis à l'étonnante couleur charbon, l'air fasciné. Elle a raison de ne pas me faire confiance. Elle a raison de renoncer à compter sur moi. Elle ne le sait pas, mais je suis comme le serpent tapi dans l'herbe. Jamais je ne lui dévoilerai mon jeu – dans mon esprit, Kenzie appartiendra toujours à Sam. Toutefois, les pensées peuvent être aussi traîtresses que les actes. Les miennes me rendent-elles complice de Sam, qui avait tout ce que je pouvais désirer sans en apprécier la valeur ?

J'opte pour la nonchalance en haussant les épaules et en ignorant mon ventre qui proteste.

— Je voulais juste alléger ton fardeau, j'ajoute, et t'aider du seul moyen possible pour moi.

L'argent m'avait permis de tenir ma parole sans perdre l'esprit. J'aurais dû rester en contact avec elle, je sais. J'aurais dû m'efforcer de mieux résister à l'attirance qu'elle m'inspire depuis le premier jour, et aider Kenzie comme mon ami me l'avait demandé, autrement qu'à travers un soutien financier. Ces trois dernières années, ce n'était certainement pas de l'argent dont Kenzie avait besoin mais du réconfort, de la compagnie et une aide au jour le jour. La pension de Sam lui permettait sans doute de payer son logement, mais guère plus. Et à présent, au vu des loyers londoniens…

Oui, j'ai promis bien plus à Sam. J'ai juré de veiller sur sa femme, et sur la sœur de celle-ci. S'il était là, il ne manquerait pas de me le rappeler. Je suis un mauvais ami. Mais, au final, lui aussi a été un mauvais mari…

— Je ne comprends pas ton entêtement à refuser cet argent, je reprends. Une promesse est une promesse.

Tous les soldats qui sont mariés ont le soutien de leurs camarades, et moi je devais veiller sur Sam. Je l'ai toujours fait, sauf la dernière fois. La seule fois où c'était important…

— Ce n'est pas de l'entêtement, c'est de la déter-mination, riposte Kenzie. C'est parce que je suis quelqu'un de volontaire que j'ai mis au point mon stratagème. Ton argent, je n'en veux pas, c'est autre chose que j'attends de toi. Alors, c'est d'accord ? Tu vas me laisser ma chance ?

Son menton volontaire indique qu'elle n'est pas prête à céder, et, si cette enveloppe contient bien trois années de chèques, rien de ce que je pourrai lui dire ce soir ne la fera changer d'avis.

Je ferme les yeux en espérant pouvoir régler ce dilemme. Évidemment, mon cerveau se concentre juste sur le délicat parfum de la femme assise près de moi sur le canapé. Sur la chaleur de son corps, qui me parvient aisément à travers l'espace ridicule qui nous sépare.

Je prends une inspiration. Comme il serait simple de tendre la main vers elle, de la toucher ! De voir se réaliser tous mes fantasmes…

J'ouvre les yeux et me redresse. Il n'en est pas question. Je me frotte le visage avec un grognement contrarié. La journée a été longue et la tournure inattendue qu'elle a prise m'a vidé de mon énergie.

Mais Kenzie en a assez d'attendre ma réponse.

— D'accord, j'ai compris, déclare-t-elle en se levant et en posant son verre sur la table. Ne te fais pas de souci pour moi et oublie ma visite.

Oublier sa visite ? Impossible ! Je vais en revivre chaque seconde au cours de la longue nuit sans sommeil qui m'attend, je le sais. Je me lève à mon tour. Les pensées qui se bousculent dans ma tête m'empêchent de formuler des phrases cohérentes.

— J'ai été content de te revoir.

Je grimace. Je peux certainement faire mieux.

— Merci pour le vin, dit-elle en s'emparant de sa veste en jean mouillée.

La déception qui hante son regard entame ma détermination.

Elle est venue à moi après tout ce temps et, si elle est à la recherche d'un emploi, c'est à cause de moi.

— Attends...

En fait, je peux lui donner une chance. J'aurai juste besoin de doubler mon temps d'entraînement sportif le matin, quitte à m'épuiser complètement avant de la croiser dans les couloirs.

Mais ce sera peine perdue, évidemment : aucune série de pompes ne pourra venir à bout du désir qu'elle m'inspire.

Elle s'est immobilisée à la porte et je la rattrape. Cette fois, quand je touche son coude, aucune barrière de tissu n'est là pour tempérer le désir qui court dans mes veines. Ma main glisse sur la peau douce de son avant-bras, puis j'encercle son poignet délicat.

Mon pouls s'est accéléré. Je ne m'étais pas trompé, elle a la peau aussi veloutée que dans mes fantasmes. Elle regarde ma main. Son visage est à la fois très familier et étranger, à cette distance. Mes doigts la tirent vers moi indépendamment de ma volonté. Il suffirait de peu pour qu'elle se retrouve dans mes bras, serrée contre mon torse douloureux, sa bouche contre la mienne...

Je déglutis péniblement. Je n'ai pas le droit de la toucher. Pas le droit de lui faire des promesses.

Le sol tremble et j'ai l'impression de me tenir sur une ligne de faille.

Mais Kenzie ne me demande pas de promesses. Elle veut juste que je lui donne une chance de faire ses preuves dans mon restaurant.

Allons, il me suffira de me tenir à l'écart.

— J'ai envie de t'aider, Kenzie. C'est bon, on va te prendre à l'essai en cuisine.

C'est le moins que je puisse faire. C'est tout ce que je peux faire. Le reste, tout ce qui hante mon esprit, est strictement interdit.

— C'est vrai ?

Son sourire radieux dissipe la douleur qui me vrille à l'intérieur.

J'acquiesce. J'ignore combien de temps je pourrai encore me contrôler si elle continue à me regarder comme ça…

— Drake… Je… Merci.

Sa voix est rauque, sensuelle. Mon nom est un son merveilleux sur ses lèvres délicieuses. Le sang me monte à la tête. Elle est trop tentante, et mes intentions, trop infâmes. J'ai toujours la main posée sur son bras. Pourquoi ne s'est-elle pas encore dégagée ?

— De rien.

Elle ne mérite rien de moins.

— Si, si ! Cela signifie beaucoup pour moi.

La gratitude s'évanouit de son regard, remplacée par un autre sentiment. Qui me coupe le souffle. Mais ce doit être le fruit de mon imagination…

Jamais elle ne me regarderait ainsi. Elle ne me ferait jamais assez confiance pour cela.

En tout cas, pas si elle savait tout.

Il faut que je recule. Que je lâche son poignet. Je vais lui dire que j'ai été ravi de la revoir après toutes ces années et la faire raccompagner chez elle en voiture.

Mais je n'en fais rien, je suis pétrifié.

Figé dans le temps, de retour au jour de notre première rencontre. Figé dans ces secondes grisantes où tout était encore possible, quand Sam et moi n'étions que des étrangers pour elle dans un bar. J'avais prévu de l'inviter à boire un verre, de sortir avec elle, de chercher à la connaître pour savoir si nous avions quelque chose en commun, en dehors de l'attirance instantanée que j'avais ressentie pour elle.

L'instrument de torture médiéval se resserre encore autour de mon torse. Je ne peux plus respirer. Sans faire un pas, je libère son poignet et attends que la tension retombe, mais l'air se raréfie autour de nous.

Elle penche la tête sur le côté.

— J'ai bien fait de venir…

Un léger soupir s'échappe de ses lèvres si tentantes. Sa bouche est dangereuse. Et plus près de moi qu'elle ne l'a jamais été.

Le désir brûlant de l'embrasser se ravive, ravage mon cerveau, mon corps et mon équilibre mental. Mon sexe dur comme de la pierre tend le tissu de mon pantalon. Je suis aspiré par le regard de Kenzie. Incapable de me contrôler plus longtemps, je suis sur le point de l'attirer vers moi et d'unir nos bouches quand elle pousse un petit rire nerveux et recule.

Puis elle secoue la tête.

— Excuse-moi, je… Je suis désolée.

Elle se couvre le visage des deux mains.

Un frisson glacial me traverse et je serre les poings. Bon sang, j'ai dû imaginer ces dernières secondes, ce regard, son souffle court et ses pupilles dilatées. Il ne reste plus que du regret dans ses prunelles, à présent.

J'ouvre la bouche, puis la referme. Dois-je me montrer galant et ignorer ce que mon corps cherche désespérément à interpréter comme un moment suspendu ? Le premier que nous partageons.

Elle laisse tomber ses mains et détourne le regard. Elle a l'air gêné.

— Il semblerait que j'aie besoin d'autre chose qu'un travail !

Elle est toute rouge. Elle s'est donné du courage en faisant cette pointe d'humour et elle lève les yeux au ciel.

— En fait, ajoute-t-elle, en plus de me donner ma chance en cuisine, tu pourrais aussi m'aider à franchir cette traversée du désert.

Un signal clignote dans ma tête.

Bon sang… Elle vient de mettre de la légèreté dans ces paroles capitales, qui nous propulsent dans un no man's land interdit.

Bouche bée, je balbutie. Mes synapses sont soumises à une telle activité que ma tête va sûrement exploser. Non, Kenzie ne peut pas vouloir dire ce que mon cerveau et mon sexe ont compris.

— Qu'est-ce que tu as dit ?

Ma voix est éraillée, et je suis trop hébété par la testostérone pour me montrer subtil.

Veut-elle que je l'aide moi-même – bon sang, oui – ou veut-elle que je lui trouve quelqu'un ? Un autre homme ? Celui-ci devra d'abord me passer sur le corps ! Mais quoi qu'il en soit, même si ma libido a fait la bonne interprétation, il ne peut rien arriver entre elle et moi.

N'est-ce pas… ?

Kenzie baisse les yeux et boutonne sa veste. Son air amusé l'a quittée, remplacé par la pâleur qu'elle avait à son arrivée.

— Je suis désolée, Drake, je n'aurais pas dû te dire ça. Je ne suis pas juste…

Elle relève la tête et prend une inspiration saccadée, le regard teinté de remords.

Pas juste ? Rien dans notre situation n'est juste.

— En fait, je ne suis qu'une idiote désespérée. Oublie que je suis venue !

Elle tire la poignée de la porte d'un coup sec et ses doigts tremblants glissent sur le métal, mus par sa hâte de s'en aller.

— Non… Attends !

J'ai envie de revenir en arrière, sur la minute qui vient de s'écouler. De la rejouer. De la retenir jusqu'à ce que Kenzie m'explique le fond de sa pensée.

Un cliquetis métallique m'indique qu'elle a réussi à ouvrir la porte.

Je retiens son attention.

— Kenzie, une seconde…

— Excuse-moi !

Elle parvient à passer le seuil et à traverser le couloir avant que j'aie retrouvé mon sang-froid.

— Attends !

J'ai voulu crier, mais ma voix est rauque. Tout ce que j'ai envie de lui dire reste coincé au fond de moi, dans cette chambre forte secrète qui existe depuis si longtemps.

— Je vais t'appeler mon chauffeur pour qu'il te raccompagne chez toi.

Cette fois, elle m'a entendu. Elle se retourne et secoue la tête.

— Pas la peine, ça va aller.

Elle poursuit sa progression en courant presque, comme si elle voulait s'éloigner de moi le plus vite possible.

Je m'élance enfin et m'immobilise devant l'ascenseur au moment où les portes se referment.

J'ai juste le temps de tendre ma main à l'intérieur de la cabine. Les portes se rouvrent aussitôt.

— Si, si, il est en bas, je vais lui dire de t'emmener. S'il te plaît, il est tard.

Elle peut partir si elle veut, c'est d'ailleurs ce qu'elle devrait faire, mais je ne la laisserai pas se mettre en danger.

Elle acquiesce.

— D'accord.

Je serre les genoux, comme si j'étais en équilibre sur une lame de couteau. Encore un pas et je serai dans l'ascenseur avec elle. Encore un mot et je saurai si je dois espérer ou réfréner les fantasmes que son commentaire a déchaînés.

Les vibrations disparaissent et je me contrôle de nouveau.

Je pense à Sam. Je retire ma main. J'attends, au comble de la tension nerveuse.

Le visage de Kenzie reflète mes émotions.

Un instant plus tard, les portes se ferment sur ses traits teintés de regrets.

3

Kenzie

J'arrive avec une demi-heure d'avance à ma première prise de poste au Faulkner. Cent fois, sur le chemin, j'ai failli faire demi-tour et rentrer chez moi. Jusqu'à la veille, je pensais avoir gâché toutes mes chances avec mon comportement ridicule, mais le SMS de Drake témoigne de la force de sa loyauté envers Sam :

Présente-toi au Faulkner à 9 heures précises demain.

C'est incroyable, qu'il soit toujours d'accord pour me laisser faire un essai, alors que je lui ai presque fait des avances… Je rougis encore de lui avoir avoué à demi-mot que cela faisait trop longtemps que je n'avais pas touché un homme. Pire encore, je lui ai suggéré qu'il pourrait m'aider dans ce domaine !

Ensuite, j'ai bien failli me ridiculiser complètement.

J'ai bien failli l'embrasser.

Drake Faulkner, parmi tous les hommes de la terre !

Drake Faulkner, qui était un frère pour Sam. Un homme d'honneur, intègre. Un homme qui ne penserait jamais à moi autrement que comme la veuve de Sam. Il me l'a prouvé en gardant ses distances pendant ces trois années, et la froideur de son accueil dans le restaurant l'autre soir indique bien que rien n'a changé.

Suis-je à ce point sexuellement frustrée, ou juste curieuse d'explorer cette étincelle d'attirance qui, si je n'avais pas été mariée à son meilleur ami, aurait pu m'embraser comme une torche ?

Je chasse ces pensées de mon esprit en me mordant la lèvre et je me concentre sur les formulaires qu'on m'a donnés à remplir. Je suis prête à me mettre en quatre pour épater le chef de ce restaurant étoilé. En revanche, je resterai à distance de Drake. Il est clair que ma solitude et la libido que j'ai longtemps négligée ne font pas bon ménage en présence d'un homme de ce calibre.

Pourquoi ma libido a-t-elle choisi de s'éveiller de sa longue hibernation précisément maintenant ?

Ces trois dernières années, je n'ai pas regardé une seule fois un homme. Aucun ne m'a tentée, tout comme je ne regardais personne au cours de notre dernière année de mariage pourtant si difficile, alors que j'avais toutes les excuses nécessaires...

Pourquoi maintenant ? Et pourquoi avec Drake ? Il est vrai que je me sens prête à redémarrer ma vie, mais suis-je capable d'avoir une relation intime avec un homme ?

Je signe d'un geste théâtral en bas du formulaire. Je tiens là une chance de réaliser quelque chose pour moi-même, d'entreprendre une carrière que je n'ai pas eu le temps d'investir, ici, tout près de Tilly, que je pourrai ainsi soutenir, maintenant qu'elle commence à prendre son envol. Je n'ai pas le droit de gâcher une telle chance. Encore moins en me berçant d'illusions et en m'imaginant en train d'embrasser Drake Faulkner, de coucher avec lui, ou en faisant en sorte qu'il me voie autrement que comme que la femme de son ami défunt.

Je prends une profonde inspiration et m'empare des documents. La responsable des ressources humaines du Faulkner me tend un badge de sécurité provisoire et me conduit à l'étage des cuisines. Dans l'escalier, déjà, une odeur d'oignons et d'ail mélangés au vin rouge me chatouille les narines. Mon ventre se serre, d'excitation, cette fois. J'effleure mon tablier blanc flambant neuf dans mon sac et frétille d'enthousiasme à l'idée de commencer.

— Le chef veut vous voir et vous présenter au reste de l'équipe, m'annonce la femme en ouvrant une porte et en me montrant la direction d'un couloir. Ce sera la deuxième porte sur votre gauche.

Le luxe du Faulkner est également présent en coulisses, avec la même moquette moelleuse et le même décor feutré que dans le restaurant. Je prends une inspiration, très intimidée à l'idée de rencontrer le chef pour la première fois, et m'immobilise brusquement sur le seuil en découvrant Drake assis derrière le bureau, occupé à parler au téléphone.

Une vive chaleur m'envahit tout entière tandis que mon regard se pose sur ses lèvres. J'ai failli embrasser cet homme. J'ai failli le supplier de m'infliger ce qu'il prévoyait de faire à sa petite amie ce soir-là si je n'avais pas interrompu leur dîner.

Les prunelles émeraude posées sur moi me clouent sur le pas de la porte.

Aucun sourire de bienvenue. Juste ce regard impénétrable, qui peut tout aussi bien signifier « Je vais arracher tes vêtements d'une minute à l'autre » que « Je suis encore très fâché par ton comportement déplacé ».

Je me redresse et le fixe à mon tour. En fait, je n'ai pas honte de lui avoir avoué que je n'ai pas fait l'amour depuis trois ans. Que j'ai été trop occupée à reconstruire ma vie, à reprendre confiance en moi et à changer d'orientation professionnelle. Je me suis fait une promesse que j'ai soigneusement emballée dans mes cartons lorsque j'ai déménagé à Londres : celle de ne plus jamais me mettre en retrait. Le moment est venu de la tenir.

Bien évidemment, embrasser Drake n'a jamais fait partie de mes bonnes résolutions.

Il fronce les sourcils et pince les lèvres.

— Je te rappelle.

Il raccroche le téléphone pendant que je me balance d'un pied sur l'autre sur le seuil, partagée entre l'envie de fuir jusqu'au premier fast-food à la recherche de personnel et la nécessité de surmonter mon embarras.

J'arrive à garder la tête haute. Nous sommes des

adultes, après tout. Depuis l'âge de vingt et un ans, depuis que mes parents sont morts, je veille sur ma sœur et je me prends en charge. Je suis capable de surmonter une légère attirance sexuelle.

— Bonjour…, je lance.

Drake se lève et me fait signe d'approcher. Une nouvelle chemise d'un blanc immaculé recouvre son large torse.

— Bonjour. Tu as rempli toutes les formalités administratives ?

Je savais bien que nous n'allions pas évoquer ma franche proposition. Il a raison. Je devrais, moi aussi, faire comme si de rien n'était et montrer que je suis digne de la confiance qu'il m'accorde.

J'acquiesce. Peut-être que les femmes viennent si souvent à lui qu'il ne les remarque même plus. Ma déception vient ternir mon enthousiasme. Mais à quoi pouvais-je m'attendre de la part de cet homme glacial ? À ce qu'il me dise : « Salut, Kenz, j'ai réfléchi à ce que tu m'as dit… En fait, je serais ravi de mettre moi-même fin à ta traversée du désert. Tu préfères quoi ? La levrette ou la position du missionnaire ? »

Je déglutis pour chasser de mon esprit ces images lubriques et me redresse. L'homme qui est devant moi, tiré à quatre épingles comme pour diriger un conseil d'administration, porte son costume comme un mannequin, mais manifestement mon intérêt pour lui n'est pas réciproque.

Je détourne les yeux du col ouvert de sa chemise et décide d'oublier que j'ai eu l'audace de harceler un homme qui accepterait à peine d'avoir une conversation cordiale avec moi autour du sexe.

— Merci pour tout, je réponds. J'apprécie vraiment cette chance que tu m'offres.

Je me frotte le poignet en me rappelant la chaleur illicite de ses doigts sur ma peau. J'ai dû imaginer la façon dont il a regardé mes lèvres, son mouvement de tête imperceptible alors que nous nous retrouvions tout près l'un de l'autre.

Il fait la grimace, comme s'il se rappelait à quel point je me suis rendue ridicule.

— Inutile de me remercier. Tu as vu la RH ?

Je hoche la tête, incapable de la moindre pensée cohérente.

Évidemment, qu'il ne va pas me parler de ce qui s'est passé l'autre soir…

Au lieu de me féliciter de m'être enfuie, je le regrette soudain, avec l'impression d'avoir fait un pas en arrière. L'autre soir, alors que je parlais avec lui près de la cheminée, je me suis soudain sentie très proche de lui, alors que je le côtoyais depuis des années sans vraiment le connaître.

Embarrassée, je recule d'un pas.

— Parfait, dis-je. Je pense que tu es trop occupé pour accueillir les nouveaux venus. Je m'apprêtais à aller en cuisine.

— Pas si vite ! lance-t-il en interrompant mon bavardage nerveux. Je vais te montrer le chemin.

Il attend que je me pousse et m'indique la direction.

Mon pouls ressemble à une balle de ping-pong incontrôlable. C'est ridicule et indigne d'une femme adulte qui veut remettre de l'ordre dans sa vie. Je prends une inspiration et me prépare à avouer l'embarrassante vérité.

Mais Drake m'en empêche.

— Je t'ai dit que Rod était un homme... de caractère ?

Il me tient la porte coupe-feu et m'invite à passer. Son geste est professionnel. Il évite de me toucher, en parfait gentleman qu'il est.

— Au Faulkner, nous ne tolérons ni le harcèlement ni les mauvais traitements, précise-t-il.

Il me lance un regard grave. J'avance vers lui, comme téléguidée. Un peu plus et nos bras s'effleurent. Je soupire et esquisse une moue. Je ne peux pas m'empêcher de jouer avec le feu, apparemment. Est-ce parce que je me sens seule, ou bien parce que je suis libérée ? Suis-je en train d'expérimenter la possibilité d'aller de l'avant, sur le plan tant professionnel que sensuel ?

— Si quelque chose de cet ordre se produit, je veux être tenu informé, d'accord ? insiste-t-il.

Il s'immobilise pour me tenir une autre porte.

Jamais je ne l'ai vu aussi protecteur à mon égard.

— Je suis assez grande pour me défendre, je réponds en souriant. Ne t'inquiète pas.

Tout mon corps est chaud, mais je sais que je ne dois pas céder à cette sensation qui m'est étrangère. En revanche, je pense être en droit d'apprécier, l'espace de quelques secondes grisantes, l'inquiétude que Drake doit nourrir chaque fois qu'une nouvelle employée commence.

Il fait une pause, se tourne vers moi et m'offre sa pleine attention. Ma tenue, composée d'un pull et d'un jean, me semble tout à coup trop serrée sous son regard. Je me rappelle qu'il y a quelques années cet homme était soldat.

— Je ne plaisante pas, Kenzie. Je veux être tenu informé de ses incartades, qu'elles soient verbales ou… physiques.

Son inquiétude me liquéfie. Puis la nervosité reprend le dessus et je me mets à rire.

— Que peut-il me faire ? Me découper en morceaux avec son couteau à viande ? Cacher mon corps dans la chambre froide ?

Drake pince les lèvres comme s'il venait de sentir une odeur désagréable, mais il n'insiste pas.

— Je vais te montrer où sont rangés les tabliers, puis je t'emmènerai au vestiaire du personnel.

— J'ai déjà des tabliers.

Je m'efforce de détourner les yeux de lui pendant qu'il marche devant moi. Je ne devrais pas y prêter attention, mais il doit y avoir comme une drogue dans l'eau de Londres. Je n'arrive pas à savoir si je préfère Drake en costume ou en uniforme de combat.

Il ouvre une autre porte, allume la lumière, et je le suis dans une longue réserve étroite où s'alignent des étagères.

— Les tabliers du Faulkner sont monogrammés, m'informe-t-il.

Il se dirige vers le fond de la pièce et passe en revue des piles d'uniformes blancs propres et repassés.

— Je peux me débrouiller pour trouver la taille

qu'il me faut, je propose. Je suis certaine que tu as plus important à faire.

Je sais que les frères Faulkner ont une façon très pragmatique de gérer leur chaîne d'hôtels londoniens, mais l'attention de Drake me paraît excessive, même à l'égard de la veuve d'un ami.

Il se tourne vers moi et me tend un tablier d'un air sombre. Ses manières serviables ne sont plus qu'un lointain souvenir.

Je baisse les yeux.

Il a deviné ma taille sans se tromper.

Lorsque je lui souris pour le remercier, je remarque ses sourcils froncés et son regard indéchiffrable. Il serre les mains dans ses poches. Il a l'air méfiant et m'observe comme s'il craignait que je me déshabille devant lui et que je le supplie de me faire l'amour pour soulager ma frustration sexuelle.

Je soupire. Cet endroit en vaut bien un autre. Inutile de continuer à se cacher. Il mérite des excuses. Il est temps de clarifier les choses et de détendre l'atmosphère. Je l'ai mis dans une situation délicate l'autre soir, sans doute parce que j'appréhende ma nouvelle vie avec un peu trop d'enthousiasme, et parce qu'il a réagi avec la discrétion et l'intégrité que j'espérais.

— Écoute, Drake, l'autre soir…

— Je n'arrête pas de penser à ce que tu m'as dit, me coupe-t-il.

Ses paroles se heurtent aux miennes. Sa voix est rauque, bourrue, et ses yeux couleur émeraude m'évoquent une bouteille de vin.

J'ai l'impression que la pièce a rétréci, que l'air s'est raréfié. Le néon qui grésille au plafond fait écho au bourdonnement qui ébranle mon système nerveux. Tous mes sens sont en alerte.

Ma tête vibre et comble les vides.

Drake est furieux que j'aie franchi la ligne rouge. J'ai tout gâché, avant même d'avoir commencé. Je n'aurais jamais dû le suivre dans cette suite. La réaction que j'ai eue en le voyant dans ce restaurant en galante compagnie est la preuve qu'il ne me laisse pas du tout indifférente.

Comme c'est probablement le cas de cent pour-cent des femmes qu'il rencontre…

Mais pourquoi a-t-il le regard aussi brûlant ?

— J'ai eu un comportement déplacé, je déclare d'une voix ferme. Je suis vraiment désolée. Cela faisait trop longtemps que je ne m'étais pas sentie désirée.

Cela date d'avant même la disparition de Sam.

— Ne pouvons-nous pas oublier cet épisode ? je conclus.

Je suis heureuse de plaider non seulement pour mon éventuel emploi à venir, qui risque de me glisser entre les doigts, mais aussi pour conserver la mémoire de son amitié avec Sam intacte. Je suis responsable de ce désordre, à moi de le réparer.

— Tu as dit la vérité ?

Drake affiche toujours le même air sombre. Il n'est pas prêt à me laisser une chance, même en souvenir du bon vieux temps.

Mes épaules s'affaissent et je baisse les yeux

vers mes Converse, qui sont à quelques dizaines de centimètres de ses richelieus.

— Quand je t'ai dit que je n'avais couché avec personne depuis trois ans ? je demande dans un murmure.

Je me racle la gorge.

— Bien sûr, que c'est la vérité…

J'ignore ce qui est le plus dur : avouer mon absence pathétique de vie sexuelle à un homme dont je ne suis pas proche, ou lui faire savoir qu'en lui demandant de remédier à mon problème j'étais plus que sérieuse.

Peu importe la réponse. Drake m'a prouvé à maintes reprises qu'il n'était pas attiré par moi.

— Je me sens seule, c'est tout. Je n'ai pas encore eu le temps de me faire des amis.

Je devrais suivre son exemple et me rappeler qui il est : l'ami de Sam. Et aussi qu'il est le dernier homme sur terre susceptible de vouloir entreprendre une relation physique avec moi. Même provisoire.

— Je veux dire…, commence Drake en avançant d'un pas.

Le bout de ses chaussures touche les miennes, à présent. Je sens soudain la chaleur de son corps.

— Quand tu m'as demandé de t'aider à sortir de cette situation, tu le pensais vraiment ? poursuit-il.

Je manque d'air. Mes poumons sont en feu. Je prends mon courage à deux mains, lève la tête et plonge mon regard dans le sien. Ses prunelles étincelantes sont à quelques centimètres de moi. Je ne devrais pas le désirer comme ça, et pourtant…

Mes genoux tremblent. J'ai besoin de sentir que je ne suis pas un pis-aller.

Je hoche la tête.

Un tout petit mouvement, mais qui se révèle décisif.

— Je...

Je n'ai pas le temps de terminer ma phrase. Drake prend mon visage en coupe et sa bouche s'abat sur la mienne.

Avec un gémissement étranglé, je lâche le tablier et mon sac et l'enlace en me hissant sur la pointe des pieds pour être plus près. Son baiser est brûlant, possessif, et tellement opportun que je suis prise de vertiges et pousse un sanglot de soulagement.

Cela fait si longtemps ! Si longtemps que je n'ai pas connu d'étreinte aussi grisante. Si longtemps que je ne me suis pas sentie désirée...

Drake pousse un grognement inintelligible et m'encourage avec ses lèvres à entrouvrir la bouche. Sa langue heurte la mienne avant que mon cerveau comprenne que je suis en train d'embrasser Drake Faulkner.

Et qu'il m'embrasse en retour.

C'est de la folie.

L'euphorie complète.

Il faut que j'arrête.

Je commence à m'écarter, mais reviens aussitôt pour un deuxième baiser addictif. Ma bouche cherche la sienne tandis qu'il me pousse contre les étagères.

L'espace d'un instant, je perds toutes mes facultés

intellectuelles. Cet homme grand et fort m'étourdit complètement, avec ses mains larges qui s'égarent dans mes cheveux, son torse dur sur mes seins, son souffle entrecoupé et sa puissante érection contre mon ventre.

Je sens une douce chaleur entre mes cuisses et mon sang qui bouillonne dans mes veines.

J'ai le sentiment que ma féminité était restée enfermée dans une boîte dont Drake vient d'actionner la serrure rouillée. Trois longues années de doute se dissolvent en quelques secondes enivrantes.

Quand j'ouvre les yeux, il me contemple et sa bouche m'arrache encore des gémissements. Alors, d'une main audacieuse, il s'empare de mon sein, comme s'il y avait pensé des milliers des fois, et se met à le titiller d'un pouce habile à travers mon chemisier. J'ai envie de pleurer.

C'est si bon que je vais m'embraser tout entière.

Je halète et m'écarte. J'ai besoin de respirer pour profiter à fond de ses caresses. Mais j'en veux encore. C'est trop bon pour laisser filer cette occasion. Je repousse les pans de sa veste et caresse son dos en savourant chacun de ses muscles, jusqu'à ses fesses. Puis j'attire vers moi ses hanches jusqu'à sentir le bout de son sexe entre mes cuisses, sur mon point le plus sensible, à travers mes vêtements. Je me mords la lèvre, car on dirait que je suis sur le point de jouir. Juste après quelques baisers interdits et quelques étreintes maladroites, c'est incroyable…

Drake s'empare à nouveau de mes lèvres comme s'il connaissait mes envies. J'enfonce les doigts dans ses cheveux et me délecte de la douceur du duvet sur sa nuque et de ses mèches plus longues et soyeuses sur le sommet du crâne. Puis je sens qu'il me soulève pour me plaquer contre l'étagère. Il se cale alors entre mes cuisses, pose les lèvres sur mon cou et me caresse à travers mon jean.

— Bon sang, Kenzie..., dit-il d'une voix rauque contre ma peau en m'effleurant de sa barbe naissante.

— Oui..., je réponds tout bas.

J'ondule des hanches contre sa main en enfouissant, derrière les hormones qui saturent mon sang, l'idée que c'est la pire chose au monde que je puisse faire. Je préfère savourer ce qui se passe, rendu cent fois meilleur grâce à la main et la bouche magiques de Drake.

J'en ai besoin. J'en ai envie, avec lui. Juste une fois. C'est l'antidote parfait à toutes ces années où je me suis sentie reléguée au second plan. Je le mérite, tout comme je mérite de réaliser mes rêves.

Je dois attendre ce moment pour comprendre que cette impression d'instabilité que je ressens est, en fait, de la vulnérabilité. J'ai confiance en Drake. Mon corps l'a choisi, indépendamment de mon esprit. C'est quelqu'un de bien, de réfléchi et de sérieux. Il ne va pas m'utiliser, se décharger et partir en courant, ni me demander quelque chose que je ne peux pas lui donner.

C'est peut-être pour ça que mon subconscient l'a choisi, lui aussi.

Drake ne recherche rien de plus qu'une relation physique.

Ce constat est grisant. Je me perds dans son baiser une fois encore et chasse tous les souvenirs et pensées susceptibles de m'éloigner du désir qui m'engloutit jusqu'au cou dans ses sables mouvants.

Mais tout à coup on entend des voix derrière la porte. Drake fait un bond en arrière, comme s'il venait de se brûler. En même temps, je le repousse du plat de la main.

— Bon sang !

Il me contemple en haletant. Ses lèvres sont rouges et il a les cheveux en bataille. Il ajuste son sexe et la réalité s'abat sur moi comme un seau de glace.

Qu'est-ce que je viens de faire ? Avec Drake, l'ami de Sam ? Je viens de l'embrasser. Je viens de me frotter à lui, contre sa main. Sur mon nouveau lieu de travail. Le premier jour.

Mes jambes tremblent et les derniers vestiges de plaisir s'évanouissent, remplacés par les doutes que j'avais un instant oubliés.

Drake se racle la gorge et ramasse mes affaires au sol. Je reprends mon sac d'une main tremblante, les yeux baissés. Je suis rouge de honte, et envahie d'une bouffée de solitude. Je me sens encore plus seule qu'à mon arrivée.

J'ai la gorge trop serrée pour parler. Je me dépêche de plier l'uniforme blanc que j'ai déjà sali. Je viens de mettre en péril ma seule chance de décrocher un poste. Autrement dit, même si je me sais compétente, je viens de montrer que j'ai envie de coucher avec mon patron. En plus, j'ai embrassé un homme. Un homme qui n'est pas Sam. Et j'ai failli faire bien plus.

Nous serions-nous arrêtés sans ces voix derrière la porte ?

Je me mords les lèvres et regarde partout, sauf du côté de Drake. J'ajuste ma queue-de-cheval et essuie le gloss sur mon menton au lieu de présenter des excuses sans intérêt ou de laisser libre cours aux sanglots.

Drake me tourne le dos. Il me laisse quelques secondes pour retrouver une contenance, puis il ouvre la porte.

Le Drake que je connais est de retour. Il a enfilé sa veste, ajusté sa cravate, et s'est coiffé.

Lorsque je passe devant lui, il m'arrête d'un mouvement du bras.

— Je serai dans la salle de réunion jusqu'à 18 heures. Ne pars pas sans que nous ayons eu une autre discussion.

Sur ces mots, il baisse le bras et s'engage dans le couloir, me laissant en état de choc, toutes mes bonnes intentions réduites en lambeaux.

4

Drake

— Comment ça, elle n'est pas là ?

Je parcours du regard la cuisine, qui est en effervescence à l'approche du dîner. Mon corps est en surchauffe.

Rod, qui coupe des échalotes à la vitesse de la lumière, me décoche un sourire de satisfaction teintée de malice.

— Elle contrarie le boss dès le premier jour ? Dommage... Elle ne travaille pas trop mal.

Il sourit comme s'il sous-entendait autre chose.

Comme s'il ne livrait pas le fond de sa pensée.

Je serre les poings. Cela me contrarie énormément de découvrir que Kenzie est partie. Il suffirait d'un seul mot de plus pour que je renvoie Rod sur-le-champ avec une dent en moins. Il doit le sentir, car il ajoute :

— Elle est partie il y a une heure.

Puis il hausse les épaules et me tourne le dos pour se concentrer sur sa poêle fumante.

Mais j'en sais assez.

Elle est partie. Mon projet de tirer un trait sur ce qui s'est passé et de m'assurer que cela ne se reproduira plus, même si je dois m'éborgner avec une fourchette ou m'enchaîner à mon bureau, vient de tomber à l'eau.

Qu'est-ce qui m'a pris ? J'aurais dû me contrôler. Kenzie doit être dévastée par ce baiser, qui aurait bien pu dégénérer. Mortifiée qu'un homme censé être le meilleur ami de son défunt mari puisse tomber aussi bas. Peut-être qu'à cause de mon comportement elle a recommencé à pleurer Sam...

À quoi ai-je bien pu penser ? En tout cas, pas à Sam.

J'abandonne la cuisine pour regagner l'hôtel à la hâte, puis prendre l'ascenseur qui conduit au parking souterrain. Les miroirs qui couvrent les parois me renvoient mon reflet. Je fais la grimace et me détourne. Je me trouve ridicule. J'ai dépassé la ligne rouge, je l'ai franchie d'un bond, et ce, malgré toutes les belles promesses que je m'étais faites à moi-même : garder mes distances. Ne surtout pas toucher à Kenzie Porter.

Toutes mes réserves ont glissé comme du sable dans une passoire dès l'instant où j'ai posé ma bouche sur elle. Ce baiser a surpassé de loin tous les fantasmes que j'entretenais sur elle : ses lèvres douces, le contact de sa langue, d'abord hésitante puis vorace, comme si le désir la consumait autant que moi. C'était encore meilleur que tout ce que j'avais pu imaginer.

Et pourtant j'étais devenu expert en fantasmes sur Kenzie...

Non, j'ai profité d'elle. Il faut que j'aille rétablir les choses. Non pas pour Sam ni parce que je me sens coupable, mais pour Kenzie. Elle mérite qu'on lui donne sa chance, après tout ce qu'elle a traversé.

Je rejoins ma voiture, démarre et quitte dans un rugissement ma place de parking. J'accueille avec plaisir le crissement des pneus qui fait écho au vacarme dans ma tête.

Je patiente devant la barrière de sécurité et maudis les secondes qu'elle met à se lever, tout en souhaitant qu'elle me retienne à l'intérieur. Car je sais qu'il vaudrait mieux que je ne voie pas Kenzie, mais que je lui envoie juste un bref message affirmant :

Rassure-toi, cela ne se reproduira pas.

Au fil de la journée, alors que j'étais loin de la tentation qu'elle représente – de l'odeur de pomme de ses cheveux, de cet adorable petit nez qu'elle fronce souvent et de sa voix sensuelle –, j'avais réussi à prendre du recul.

Je lui ai arraché vilement ce baiser et c'était une terrible erreur – un signe de faiblesse de ma part et, comme elle l'a si bien dit, la preuve qu'elle se sent très seule depuis la mort de Sam.

De rage, je frappe le volant.

Bien sûr, que Kenzie se sent seule ! Elle vient à peine d'arriver dans une grande ville où tout est nouveau pour elle. Le fait qu'elle soit venue me trouver pour prendre un nouveau départ me remplit de joie et, en même temps, me laisse une sensation de vide. Tout est si contradictoire ! Et qu'est-ce que j'ai fait ? J'ai tout gâché dès la première occasion. En cédant à une impulsion, j'ai encore accru ma culpabilité et mis Kenzie dans une situation des plus inconfortables. J'ai complètement brouillé les lignes entre relations personnelles et professionnelles.

Pas étonnant qu'elle soit partie en courant.

Le meilleur ami de Sam, moi… ?

Nouvelle grimace. Je me déteste d'avoir profité de sa vulnérabilité. Une personne sur laquelle j'étais censé veiller ! Une personne que j'ai abandonnée. Mais je peux réparer mes erreurs dans tout ce chaos si je me maîtrise. J'ai réussi à garder mes distances pendant trois ans. Cela ne devrait pas être bien difficile de continuer quelques semaines ! Il n'est pas trop tard pour oublier ce baiser. Pour oublier que les fantasmes étaient bien en dessous de la réalité.

J'agrippe le volant au point de presque le briser en deux et dépasse quelques limitations de vitesse. Si, d'une certaine façon, mon comportement a terni la mémoire de Sam à ses yeux, je vais devoir vivre avec ça. Et porter cette nouvelle charge sur le dos.

Une fois arrivé devant chez Kenzie, je reste assis cinq minutes dans la voiture jusqu'à ce que j'aie les idées claires.

Je dois m'excuser.

M'assurer que ce baiser renversant ne se produira plus.

Me tenir éloigné d'elle.

Quand elle ouvre la porte, elle a les joues rouges et les cheveux mouillés. Elle porte un simple peignoir.

Bon sang ! Voilà ma punition !

Je retiens mon souffle et me remémore ma solide formation de militaire pour ne pas bouger et me retenir de parcourir des yeux ce corps que j'ai serré contre moi ce matin.

— Tu te prépares pour sortir ? je demande. Il faut qu'on parle.

Ma voix sèche et bourrue se brise quelque part entre mon cerveau et mes cordes vocales.

Elle secoue la tête.

— Non, j'ai juste pris une douche en rentrant du travail. La journée a été longue.

Elle regarde avec méfiance le salaud qui se tient sur le pas de sa porte, avec son air renfrogné et son ton de reproche, alors qu'il devrait lui jurer qu'il ne la touchera plus jamais et s'en aller.

Je passe une main lasse sur mon visage envahi par une barbe de plusieurs jours et contemple l'entrée défraîchie dont le linoléum date des années 1970.

Je hausse les épaules.

— Ne devrais-tu pas te montrer plus prudente avant d'ouvrir ta porte ?

Je n'ai pas pu m'empêcher de lui faire cette remarque. Ça me fend le cœur de voir qu'elle vit ici, dans ce qui doit être un minuscule studio, au rez-de-chaussée d'un immeuble délabré. Ce n'est pas le quartier le plus minable de Londres, mais tout de même.

Elle croise les bras et le peignoir s'entrouvre légèrement.

— J'ai vu que c'était toi par le judas.

Il suffit d'apercevoir la cuisse à la peau laiteuse qu'elle vient de dévoiler pour que mon pouls s'emballe et que mes tempes bourdonnent.

C'était une mauvaise idée de venir. Je ne dois surtout pas entrer. Je vais me contenter de lui dire ce que j'ai ressassé tout au long du trajet et m'en aller.

Elle lève la tête.

— Vous avez d'autres recommandations à me faire, Lieutenant, ou en avons-nous terminé ?

Voyant que je garde le silence, figé sur le pas de la porte, elle soupire.

— Si tu entrais ? Nous pourrions continuer cette conversation sans en faire profiter les voisins...

Elle ouvre la porte et, comme un imbécile, j'entre dans l'appartement, que j'embrasse d'un seul coup d'œil.

Il est petit, mais propre et accueillant. Kenzie lui a manifestement donné un coup de neuf et a réussi à imprimer son style en accrochant des tableaux et en jetant des coussins aux tons assortis sur le canapé. Une douce lumière d'ambiance crée une atmosphère chaleureuse. Le coin-cuisine ressemble à un atelier, avec une série d'appareils sur le plan de travail et des rangées d'ustensiles suspendus au mur. Une délicieuse odeur règne dans la pièce. Mon estomac qui gargouille me rappelle que je n'ai pas dîné. Peu importe : de toute façon, je serais incapable d'avaler quoi que ce soit.

— Tu veux boire un verre ? propose-t-elle. J'allais m'en servir un.

Elle désigne une bouteille de vin rouge ouverte

sur la table basse. Je prends une inspiration. Kenzie a l'air fatigué. Son regard est un peu tourmenté. Est-ce à cause du baiser ? Ai-je ravivé son chagrin ?

Je secoue la tête, trop bouleversé par le souvenir de sa bouche sur la mienne pour tenter le destin. Mes inhibitions sont suffisamment ébranlées. Malgré le discours que je suis sur le point de lui faire, je brûle d'envie d'ouvrir ce peignoir qui me sépare de ce qui, j'en suis certain, conduit au nirvana. Je me vois allongeant Kenzie sur le canapé et commençant à lécher son sexe et à l'aspirer jusqu'à m'imprégner de son goût et de son odeur.

— Je suis venu m'excuser, dis-je. Je ne resterai pas assez longtemps pour boire un verre.

Et encore moins longtemps pour mettre en pratique mon scénario sur le canapé…

Kenzie fronce les sourcils et se sert un verre de vin, dont elle boit une généreuse gorgée.

— T'excuser pour quoi ?

Elle me regarde par-dessus le bord du verre et se lèche les lèvres pour essuyer une goutte de vin.

Je déglutis. Mon sexe s'est durci, prêt à passer à l'acte.

— Pour ce qui s'est passé ce matin. Cela ne se reproduira plus.

Mais, bon sang, je n'arrive pas à me sentir désolé !

Si je ne dois y goûter qu'une seule fois, je suis prêt à le faire, quitte à en payer le prix pour l'éternité. Mon seul regret est d'avoir causé de la peine à Kenzie en trahissant le souvenir de Sam.

Au lieu de s'asseoir, elle prend lentement une autre

gorgée tout en m'observant. Je brûle de l'embrasser, de la goûter de nouveau, d'aspirer ce vin dans sa bouche et d'explorer chaque centimètre carré de la peau qu'elle cache sous son peignoir.

— D'accord.

D'accord ? C'est tout ce qu'elle trouve à me dire ! Pas d'accusations ? Pas d'exigences ? Pas de gifle ?

Elle pose son verre sur la table et me contourne en m'évitant soigneusement. Je garde mes distances et entreprends de la suivre. Je sens les poils de ma nuque qui se hérissent.

Elle ouvre la porte d'entrée et s'appuie sur le battant.

— Bon… Tu ne veux pas prendre un verre et tu t'es excusé, dit-elle. Il ne te reste plus qu'à me dire au revoir, et à un de ces jours !

Des étincelles animent son regard. Défi et provocation.

Oui, elle a raison. Il est temps de partir. Mais comme ça… ?

Elle est toujours en colère contre moi, c'est sûr. Je suis tenté de la prendre au mot et de m'en aller avec un signe de tête poli. C'est d'ailleurs exactement ce que je devrais faire…

— Je sais que tu m'en veux, et c'est légitime. Je n'aurais jamais dû te toucher.

— Je ne t'en veux pas, Drake, affirme-t-elle d'un ton glacial. J'ai compris. Tu penses que tu as dépassé les limites. Tu estimes avoir profité de moi…

— Ce n'est pas le cas ?

Ma respiration me brûle. Ne sent-elle pas le danger, ne voit-elle pas… ?

Elle lève les yeux au ciel.

— Ne sois pas ridicule. Je ne suis pas une enfant.

Son regard lance des éclairs.

J'ai l'impression qu'un démon a pris le contrôle de mes cordes vocales.

— Tu es à la recherche d'une relation stable. Tu as besoin de quelqu'un de solide sur qui t'appuyer. Moi, je ne suis pas capable d'être cette personne.

Pas avec elle, en tout cas, et d'ailleurs elle ne voudrait pas de moi.

Elle se met à rire.

— N'essaie pas de me dire ce que je dois chercher. Je suis peut-être en manque de contact physique, et mon nouveau moi a peut-être décidé de profiter de l'instant présent. Peut-être que c'est juste du sexe que je veux. Pas des paroles vides. Pas des promesses. Je veux juste réapprendre à sentir. Mais comme cela ne te convient pas, conclut-elle en haussant les épaules, ce sera sans rancune !

Tandis que les ondes de choc se propagent dans mon cerveau, elle indique du regard sa petite entrée sinistre.

— En tout cas, ma porte est toujours ouverte.

Elle écarte les lèvres. Incrédule, je vois sa poitrine monter et descendre.

— Tu essaies de me provoquer ? je lance.

N'y tenant plus, je fais un pas vers elle. La température de mon corps est montée d'un cran et je ne suis plus si sûr d'être capable de me contrôler longtemps. Kenzie est trop près de moi. Son parfum de femme me fait l'effet d'un puissant aphrodisiaque.

Elle secoue la tête et ses cheveux glissent sur ses épaules frêles.

— De te provoquer ? Pas du tout ! Mais que veux-tu que je te dise d'autre ?

Elle prend une inspiration et ses seins se soulèvent sous le tissu du peignoir. Puis elle pousse un soupir.

— Ça fait très longtemps que personne ne m'a touchée, Drake. Je suis désolée de t'avoir embrassé. Mais, si tu veux savoir, j'aurais bien aimé continuer. Aller jusqu'au bout.

Je manque d'avaler ma langue.

Tout le temps qu'elle parlait, j'ai senti mon sexe se durcir. Il est presque prêt à jaillir du pantalon, maintenant.

Je baisse les yeux sur le bas de ses jambes fuselées, qui apparaît sous le peignoir. Bon sang, même ses pieds sont sexy ! Elle a les ongles vernis en bleu, assortis à la couleur de son déshabillé.

— Ce n'était pas une bonne idée, tu le sais très bien, je réponds. Nous avons partagé trop de choses.

Et tout est trop compliqué. Et il y a trop d'interdits.

Mais je suis déjà allé beaucoup trop loin.

J'essaie de me rappeler les mots que j'ai préparés. Non, impossible…

Elle hausse les épaules.

— Peut-être que cela n'a pas d'importance. Peut-être que ça n'a pas besoin d'être compliqué. Ça pourrait être temporaire. De toute façon, je sais que, toi, tu ne me feras jamais de mal.

Elle a raison. Je ne lui ferai jamais plus de mal que je lui en ai déjà infligé en la rendant veuve. Mais si seulement le reste était vrai... Si seulement je pouvais lui donner ce qu'elle me demande !

Je pourrais céder à cette attirance qu'elle m'inspire sans en endosser les conséquences, après tout. Je serre les poings, partagé entre le désir que je vois brûler dans ses prunelles et l'envie de m'engager dans le couloir froid et vide, de l'autre côté de la porte.

Je dois choisir la fuite.

Je suis résolu à faire ce qu'il faut pour me préserver, mais mes pieds semblent scellés dans le béton.

« J'aurais bien aimé continuer. Aller jusqu'au bout »... « Ça n'a pas besoin d'être compliqué. Ça pourrait être temporaire »...

Bon sang, j'ai envie de m'enchaîner à elle, et non de m'enfuir.

Je contemple cette femme que je me suis forcé à tenir à distance autrefois. Son regard fiévreux soutient le mien. Je vois son pouls battre au creux de son cou et ses seins monter et descendre. Elle est excitée et partage ce désir quasi explosif qui est en train de réduire mes résolutions en miettes. Une chose est sûre : elle sait ce qu'elle veut. J'ai été stupide d'oublier qu'elle a une volonté de fer.

Je prends une courte inspiration et détourne mes pensées de scénarios érotiques où Kenzie se tient nue devant moi pendant que je satisfais tous ses désirs jusqu'à ce que nous ne soyons plus capables de marcher ni l'un ni l'autre. Je m'efforce d'imaginer ce qu'a pu être sa vie ces trois dernières années. J'essaie de me mettre à sa place. Aurais-je pu survivre sans sexe pendant si longtemps ? Je renifle bruyamment. Cette question est stupide.

— Écoute, je suis une grande fille, reprend-elle en relevant le menton. Si tu n'es pas intéressé, il suffit de me le dire. Je suis capable de l'entendre.

Pas intéressé ? Si je n'étais pas si occupé à calmer les battements de mon cœur, j'aurais pu rire. Mais Kenzie n'attendra pas indéfiniment ma réponse.

Et je suis certain qu'il y aura une multitude de candidats dans le quartier. Je me rappelle le petit sourire de Rod lorsque nous nous sommes parlé tout à l'heure. Kenzie est une très belle femme. Elle est aimable, drôle et attentionnée. Elle a tout pour elle. Une pépite pour le chanceux qui la trouvera. Toutefois, si elle est prête à refaire l'amour avec un homme, ce sera avec moi et aucun autre.

— Cela n'est pas une bonne idée, dis-je d'une voix étranglée.

Elle hausse les épaules, mais les enjeux, le désir sont inscrits sur son beau visage.

— Tu l'as déjà dit. Écoute, je ne demande rien d'autre que du sexe, une ou deux fois… Il est clair que mon corps réclame. Il a besoin d'être satisfait.

Elle détourne les yeux, gênée peut-être d'en avoir trop dit. Elle a tort. Le fait qu'elle avoue son désir la rend encore plus désirable. C'est une autre démonstration de sa force : en se rendant vulnérable, elle s'affirme.

C'est à cause de moi qu'elle a été si longtemps

seule. Parce que j'ai abandonné Sam. Parce que je l'ai abandonnée, elle.

Elle me regarde droit dans les yeux.

— Écoute, je n'ai pas envie de me justifier auprès de toi, je n'ai pas l'intention de chercher à te convaincre.

— Tu n'as pas besoin de me convaincre.

On dirait qu'elle ne m'a pas entendu. Elle continue :

— Pour franchir ce que je vois comme un obstacle, je me sentirais mieux avec quelqu'un que je connais… Ça me permettrait de retrouver confiance en moi sans m'exposer à une cinquantaine de rendez-vous glauques avec des étrangers.

Il est évident que, si elle ne le fait pas avec moi, elle se précipitera dans les bras d'un homme qui profitera de la situation.

— Ensuite, peut-être que je pourrai envisager de sortir sérieusement avec un homme, conclut-elle.

Elle me cloue avec un regard qui me fait comprendre qu'elle est très sérieuse. Sa détermination fait monter la chaleur dans mon sexe déjà engorgé.

— J'ai vingt-huit ans, Drake, et je ne suis pas une nonne.

Non, et c'est bien dommage, car ça me faciliterait les choses. Bon sang, cette femme est en train de tester mes limites, comme elle l'a toujours fait, même lorsque nous ne faisions que parler de la pluie et du beau temps, ou de Sam.

Mais maintenant elle me parle de sexe alors que le goût de son baiser est encore frais dans ma bouche et que le souvenir de ses gémissements sensuels, quand je taquinais ses seins durcis et caressais son entrejambe à travers le jean, résonne encore dans ma tête.

Ce n'est pas une nonne et je suis certain de ne pas être un saint non plus.

Cependant, quelque chose me retient encore.

Je me place devant elle et prends la main qui tient la porte, avant de planter mon regard dans le sien.

— Tu es certaine que c'est ce que tu veux ?

Mes paroles libèrent un torrent d'endorphines. Je suis si près d'elle ! Mais les enjeux me ramènent à la réalité.

— Nous n'avons aucune marge d'erreur, je poursuis. Si nous franchissons cette ligne, nous le ferons ensemble, les yeux grands ouverts.

J'ai déjà tant de regrets en ce qui la concerne que je n'ai pas besoin de rajouter une couche de culpabilité en songeant que je l'ai bernée ou que j'ai profité d'elle.

Elle hoche la tête et son souffle haché soulève ses seins ronds dans mon champ de vision, même si mes yeux sont toujours rivés aux siens. J'ai besoin d'être certain que ce que je vois est bien vrai, que ce n'est pas seulement ce que je rêve de voir.

— Alors, pas de sentiments, on est bien d'accord ? j'ajoute encore.

Je ne peux pas mettre en jeu davantage que du sexe, même si Kenzie ne semble rien attendre d'autre de moi. Ça, je peux bien le lui donner, non ? Je suis capable de refouler tout le reste pour profiter un tout petit peu de ce que je rêve d'avoir depuis que je connais cette femme étonnante. Je devrais être euphorique à l'idée de ne plus être qu'à quelques secondes d'explorer enfin quelque chose que je m'efforce depuis si longtemps de renier, mais le désir consume tout mon oxygène.

— Ce sera juste provisoire, confirme-t-elle en lâchant la porte, me laissant libre de faire mon choix.

Le bruit grisant de la porte qui se referme scelle notre destin. Parce que, quelques secondes plus tard, Kenzie tombe dans mes bras, sa bouche cherche la mienne et ses doigts s'emmêlent dans mes cheveux.

Ce baiser vient détrôner le premier car, cette fois, j'anticipe le bonheur qui m'envahit dès que nos lèvres se touchent. Je fais taire tous mes doutes et décide de savourer chaque seconde.

Je pivote et plaque Kenzie contre la porte avant de pousser mon sexe douloureux vers elle pour assouvir en partie le désir qui me dévore.

M'emparant de sa bouche, je reprends là où nous nous sommes arrêtés ce matin. Embrasser Kenzie est une expérience formidable. L'embrasser comme je n'ai cessé de le faire en pensée me fait presque chanceler de plaisir.

Kenzie prend tout. Sa langue part à la rencontre de la mienne et elle m'oblige à incliner la tête, afin que nous puissions nous explorer encore plus loin. Son corps se tortille contre le mien comme si elle voulait stimuler aussi chacun de ses nerfs.

La réalité est tellement meilleure que les fantasmes !

Puis je gémis parce que la chaleur qui monte d'entre ses cuisses me parvient à travers le pantalon.

Kenzie est brûlante et trempée. J'adore l'effet que je lui fais. Elle est prête à m'accueillir. Ma seule présence suffit à l'exciter, je le sais. C'était déjà le cas tout à l'heure, quand elle me montrait la porte.

Je m'écarte et me dégage de son étreinte.

— Tu es sûre de ce que tu veux, Kenz ? Répète-le-moi !

Je ne peux pas laisser place au moindre doute. Kenzie est trop précieuse à mes yeux pour que je gâche tout. Si je pouvais m'écarter d'elle une seconde, je lui demanderais de signer un document. Je suis parfaitement capable de lui donner ce qu'elle me réclame : un grand moment de sexe. J'éloigne de mon esprit toute idée de trahison et de secrets enfouis pour me concentrer sur ce dont cette femme courageuse et audacieuse exige de moi en cet instant.

— Oui... Drake...

Elle acquiesce, trop bouleversée sans doute pour en dire davantage. Je n'ai pas besoin d'autres formes d'encouragement. J'ai désiré si longtemps l'entendre prononcer mon nom avec passion et désir, comme maintenant ! Combien de fois ai-je rêvé de lui faire perdre la tête ? Combien de nuits ai-je passées à imaginer que je la caressais, que je la serrais contre moi, que je la faisais jouir ?

Je l'embrasse de nouveau, la soulève et enroule ses jambes nues à ma taille. Nos deux corps sont alignés. Elle pousse un petit cri et la chaleur de son sexe vient m'envelopper. Mon plaisir monte en flèche sous l'effet du frottement délicieux et presque insupportable qu'elle imprime à chaque ondulation de hanches. Si je ne la sens pas très bientôt peau contre peau, je lui arracherai ses vêtements…

Je lui mordille les lèvres et embrasse son menton avant d'enfouir le visage dans ses cheveux. L'odeur de pomme est encore plus présente que ce matin. J'aspire la peau délicate de son cou et la sens s'arc-bouter. Elle plaque les hanches contre moi et se tortille avec une fougue un million de fois plus élevée que dans mes rêves. Et ses gémissements…

Ses miaulements et ses soupirs pendant qu'elle prend ce dont elle a besoin, ce qu'elle veut de moi, font bouillonner mon sang. Bientôt, je dois tempérer les délicieuses attentions que mon sexe est en train de recevoir.

Je prends une seconde de répit pour me demander où se trouve le préservatif le plus proche.

Une douche glaciale s'abat alors sur moi.

Je n'en ai pas pris.

J'étais tellement certain de ne pas la toucher que j'ai saboté le meilleur moment de ma vie.

Je pose mon front contre le sien, m'immobilise et essaye de maîtriser mon souffle.

— Je n'ai pas de préservatifs, je murmure en haletant.

J'ai envie de me couper la langue. Quel imbécile ! Dès demain, j'irai en acheter une grande boîte et je veillerai à en fourrer deux dans chacune de mes poches. Non, plutôt trois. Je vais les disperser comme des confettis…

Kenzie se rembrunit, me regarde avec des yeux toujours pleins de désir, puis me sourit.

— J'en ai acheté en rentrant… Pour le cas où, avoue-t-elle en rougissant.

Mon cœur manque un battement.

— C'est vrai ?

Ainsi, elle y a songé ? Toute la journée ? C'est de la transmission de pensée, dans ce cas.

Pendant que j'essayais de me sortir ces idées-là de la tête, elle se préparait.

Quelle femme merveilleuse…

Elle acquiesce et couvre de nouveau ma bouche avant de soulever plus haut son bassin afin que je puisse ouvrir son peignoir avec mon visage et poser les lèvres sur ses seins délicieux. Je ne peux réprimer un gémissement à la vue de sa poitrine nue. C'en est trop. Bientôt, je suis submergé par le goût de sa peau. La pointe de son sein qui darde sur ma langue, la façon dont elle crie lorsque je le mordille délicatement, tout cela m'enivre.

Je me serre encore plus contre elle. J'ai besoin du maximum de contact. Je la soulève un peu plus haut. Vais-je l'emmener sur le canapé ou sur le lit ?

J'abandonne son sein et souris en entendant son gémissement plaintif et indigné, puis mes lèvres glissent sur le renflement de sa poitrine. Sa peau est aussi douce que celle d'un bébé, son odeur est comme un shoot d'héroïne pour mes neurotransmetteurs. Je l'embrasse, la suce et la lèche avant de revenir au paradis de ses lèvres.

Puis je la cale autour de ma taille et me dirige vers la chambre à coucher.

L'appartement est si petit que j'y suis en quatre

enjambées. C'est parfait. De toute façon, ma patience est à bout. Je l'allonge sur le lit, défais la ceinture du peignoir et l'ouvre en grand afin de me délecter de la perfection du corps qui m'est offert.

Le temps est suspendu. Kenzie est magnifique. Sa nudité dépasse de loin tout ce que j'avais imaginé.

— Drake ?

Elle doit prendre mon immobilisme pour de l'hésitation.

— Je te regarde.

Je remarque alors la marque sur son sein. Ma barbe naissante a laissé une traînée rouge et un bleu est en train de se former. Je lui ai fait un suçon ? Un rugissement primitif résonne dans ma tête et m'informe de la puissance de mon désir. Comme je la veux...

Je ferme les yeux. Ces marques de possession sur sa peau sont trop dures à supporter.

Puis je la regarde de nouveau et suis le bleu du bout du doigt.

— Je suis désolé. Je t'ai fait une marque.

L'homme de Néandertal qui sommeille en moi n'est pas désolé du tout, lui. Il fait un tour d'honneur autour du stade en arborant un sourire satisfait tandis que son pagne flotte au vent...

Kenzie baisse les yeux. Ses pupilles sont dilatées comme si elle appréciait, elle aussi, cette marque de possession.

— Formidable.

Je retire ma veste, défais ma cravate sans cesser de me repaître du spectacle de son corps. Qu'ai-je fait pour avoir tant de chance ? Ma gorge se serre, ce qui n'est pas plus mal, car j'aurais une foule d'autres choses à dire. Je pourrais écrire toute une prose sur le festin visuel qui s'offre à moi sur le lit. Je me mords les lèvres et défais les boutons de ma chemise, que je jette au sol, avant de m'attarder sur les lèvres roses et tentantes entre les cuisses de Kenzie. Je défais ma ceinture, les boutons de mon pantalon, termine par les chaussures et tombe à genoux.

Kenzie lève la tête et me contemple. Son visage paraît si vulnérable que cela me coupe le souffle. Ses yeux écarquillés sont remplis de questions. D'hésitations.

Je fais glisser les mains sur ses cuisses, trop impatient de poser ma bouche sur elle. En même temps, j'éprouve le besoin de savourer chaque seconde qui passe. Si je ne dois coucher qu'une seule fois avec elle, il faut que j'en fasse un moment inoubliable. Qu'elle y prenne un plaisir infini. Que chaque caresse, chaque son, chaque parfum restent ancrés dans ma mémoire jusqu'à la fin des temps...

J'inspire par le nez pour humer son odeur de femme, le meilleur aphrodisiaque qui puisse exister pour un homme.

Kenzie se dresse sur les coudes, saisit mes mains et les guide vers sa poitrine. À l'unisson, nous glissons tous les deux sur sa courbe parfaite.

— Caresse-moi, murmure-t-elle. C'est tellement bon...

Elle va me tuer.

Je n'en peux plus de lutter.

Je laisse une main sur son sein et fais disparaître l'autre entre ses cuisses. Elle est trempée.

Je baisse les yeux et elle écarte les jambes pour me laisser la caresser. Je la pénètre avec un doigt, puis deux.

Regarder mes doigts disparaître dans son sexe brûlant et étroit est, je crois, le moment le plus érotique de ma vie. Kenzie en profite pour presser ma main plus fort sur son sein et m'accompagne quand mon pouce en taquine la pointe. Elle gémit, murmure encore mon nom tandis que j'imprime un mouvement de va-et-vient avec mes doigts.

Je la contemple et la vision de l'extase qui envahit ses traits m'achève.

— Bon sang, qu'est-ce que tu es belle !

J'abandonne son sein et lui prends la taille pour tirer son bassin jusqu'au bord du lit.

— Je rêve de te goûter, lui dis-je.

Ma patience est à bout. Sans ôter les doigts, je pose les lèvres sur son point le plus sensible. Elle pousse un petit cri et agrippe mon visage, tout en me contemplant avec des yeux émerveillés et remplis de désir. C'est comme si je venais de la sauver d'un sort pire que la mort. Toutes ces années de privation s'évanouissent, dirait-on.

Son parfum et son goût imprègnent ma bouche. Ses gémissements résonnent dans mes oreilles. À cet instant, Kenzie est à moi, elle comble tous les espaces vides de mon être.

Ma langue glisse sur son sexe et je continue à la

regarder jusqu'à ce qu'elle halète et qu'elle me tire les cheveux en gestes désordonnés. Je ne veux pas rater une seule seconde du bonheur qui teinte ses traits, de l'intensité de son plaisir. Celui que je lui donne.

J'inflige quelques caresses sur son point le plus sensible puis je change. Ma langue remplace mes doigts dans son sexe tandis que mes doigts glissent sur ses lèvres gonflées. C'est tellement bon que je n'arrive pas à savoir ce que je préfère, mais Kenzie, elle, le sait. Elle halète, prend mon visage en coupe et s'arc-boute pour venir à ma rencontre. Ses cuisses tremblent, secouées par une extase qu'elle ne peut contenir.

— Drake, oh, Drake… Je vais…

Elle ne finit pas sa phrase. C'est moi qui l'achève. J'enfonce ma langue aussi loin que je peux et continue à la caresser tandis que son corps est pris de convulsions et qu'elle jouit sur ma langue. Mon grognement rejoint ses cris et je prolonge son plaisir en ajoutant d'autres caresses.

Je n'en aurai jamais assez. J'en veux plus. Je veux sentir chaque parcelle de son corps sous mes mains.

Kenzie me repousse et je m'écarte à contrecœur. Elle vient de devenir mon plat préféré. Maintenant que j'y ai goûté, je pourrais la savourer pendant des heures. Je suis perdu…

— Oh ! Seigneur…

Elle se laisse tomber sur le dos et je vois sa poitrine monter et descendre au rythme de son souffle saccadé.

Je retire le reste de mes vêtements et m'allonge

sur elle pour capturer ses halètements avec ma bouche. Elle enlace ma nuque et aspire mes lèvres et ma langue.

— C'était incroyable, Drake. J'ai très envie que tu recommences.

Je souris contre sa bouche.

— Quand tu voudras, ma beauté. Tu as un préservatif ?

Il me tarde d'être à l'intérieur de son sexe étroit et chaud.

Elle se tortille sous moi et fouille sous l'oreiller. Ses joues sont aussi rouges que ses seins et son cou après son orgasme.

— Je les ai cachés là quand je t'ai entendu sonner à la porte. Je t'avais vu par le judas...

— Tu penses à tout. Bien joué !

Cette femme finira par me tuer. Il faudra citer son nom sur mon certificat. *Cause du décès : frustration sexuelle extrême due à McKenzie Porter.*

C'est la meilleure façon de mourir que je connaisse.

Elle déchire le sachet du préservatif et m'aide à l'enfiler avant que je puisse analyser les implications de ses actes. Mon esprit se vide à nouveau lorsqu'elle m'attire vers elle pour m'embrasser en caressant mon sexe gonflé.

Je fais la grimace tant le plaisir est aigu.

— Je veux te sentir en moi, Drake, souffle-t-elle en me serrant entre ses doigts.

Ses pupilles sont tellement dilatées que ses yeux sont noirs.

— J'en ai très envie, moi aussi.

J'ôte sa main de mon sexe et la plaque sur le matelas à côté de sa tête. Nos doigts s'enlacent tandis que j'effleure ses lèvres entrouvertes. Pendant que nos langues s'emmêlent, j'écarte ses cuisses avec mes genoux, puis je sens Kenzie qui soulève les hanches. La pointe de mon sexe, qui est l'endroit le plus sensible de mon corps, vient heurter l'entrée de son entrejambe brûlant. Je gémis et m'abîme en elle. C'est trop bon, trop tout. Quelque chose dont je n'ai fait que rêver.

Je m'écarte de ses lèvres sensuelles. Pour faire durer cet instant, j'ai besoin de mobiliser toutes mes forces, et ses baisers m'entraînent tout droit vers le précipice.

J'immobilise les mains de Kenzie et plante mon regard dans le sien tout en la pénétrant. Elle halète et m'expose sa gorge lorsqu'elle rejette la tête en arrière. Je me mords la langue, et la douleur me distrait du plaisir intense que me procure le sexe de Kenzie qui m'aspire.

— C'est si bon quand tu es en moi, dit-elle en se mordant la lèvre inférieure. Surtout, ne t'arrête pas !

Elle gémit doucement.

— J'en ai tellement besoin, Drake…

Elle libère une main de mon étreinte pour se caresser les seins. Ses doigts jouent érotiquement avec leurs pointes sombres et érigées.

Ce spectacle érotique me consume l'esprit.

Je presse ses doigts et continue à prendre possession d'elle, encore et encore, en serrant les dents. Je la savoure, l'adore lentement, je lui fais l'amour, tout en me disant que ce n'est pas mon rôle. Ce n'est pas ce qu'elle attend de moi. En revanche, je peux combler ses désirs physiques.

Elle veut remonter en selle, et rien d'autre.

Et je vais devoir m'en contenter.

Une pellicule de sueur s'est formée sur mon cou et mon torse. Le lit tambourine contre le mur et je suis sur le point de me retirer, de lâcher ses hanches, lorsqu'elle pousse un cri. Elle enroule les jambes autour de ma taille, soulève son pubis et se positionne de manière à mieux recevoir mes coups de reins.

— Drake, j'ai envie de jouir encore. Prends-moi, maintenant.

Je frémis à ces mots. En cette seconde, je suis prêt à lui donner n'importe quoi. Je puise dans des réserves insoupçonnées de résistance et je lui offre tout ce que j'ai. Je plante un genou sur le lit pour pouvoir bouger et frotter contre son point le plus sensible, car je sens ses muscles se contracter autour de mon sexe. J'ai à peine le temps de fermer ma bouche sur son sein, qu'elle torture encore, qu'elle explose et jouit avec un cri rauque. Son regard brûlant est rivé au mien jusqu'à ce que son plaisir l'emporte. Alors elle ferme les yeux.

Je pourrais mourir heureux à cet instant. Mais je la suis de près. Je sens mon sexe s'embraser. Mon corps est pris de convulsions et j'enfouis le visage dans ses cheveux emmêlés tandis que je hume son parfum en gravant ce moment dans ma mémoire. C'est le meilleur de ma vie.

5

Drake

Ma vision redevient nette tandis que la pression incroyablement forte s'estompe. Je suis allongé sur le dos et je regarde le plafond. Kenzie est couchée à côté de moi. Sa tête pèse sur mon bras – un poids que je ressens dans chaque partie de mon corps.

Bon sang, qu'est-ce que j'ai fait ?

Son souffle me chatouille le torse et je me tends. Mon ventre se contracte. Je me sens piégé par la puissance de ce qui vient de se passer.

Immobile, je respire et teste ma conscience.

Ai-je des regrets ? Bien sûr ! Mais, en même temps, aucun. Parce que cette étreinte n'aurait pas pu être meilleure et tous mes fantasmes font pâle figure à côté de la vibrante réalité. Mais, tant de perfection, est-ce crédible si on ne peut l'expérimenter qu'une seule fois ?

Kenzie s'étire, puis se lève et se dirige vers la salle de bains, pour en revenir avec plusieurs mouchoirs en papier qu'elle me tend avec un sourire penaud et les joues rouges.

— Tu apprécierais un verre de vin, maintenant ?

Éclairée par les rayons du soleil couchant, elle est d'une beauté à couper le souffle. Sa poitrine, son cou et ses joues sont encore rouges, et je sais que c'est à cause de ma barbe naissante. Même l'intérieur de ses cuisses est un peu sombre.

Bon sang, oui !

J'acquiesce en prenant les mouchoirs qu'elle me tend. La perspective de devoir m'en aller produit en moi une grande sensation de vide, même si je sais que je ferais mieux de prendre mes jambes à mon cou pour ne pas être tenté de recommencer, encore et encore… Je sens déjà mon sexe qui frémit et mon esprit qui menace de faire de Kenzie une obsession.

Je refoule ces pensées, tout en restant convaincu qu'une seule fois ne pourra pas me suffire.

Kenzie enfile son peignoir et se dirige vers la cuisine. Je retire le préservatif.

— Tu as mangé ? me lance-t-elle.

— Non.

Seulement elle, et il ne me faudra rien d'autre pendant longtemps. Je vais m'enfermer dans la salle de bains.

Mon sexe de nouveau dur se dresse et je grince des dents en rejouant dans mon esprit la scène érotique qui vient de se dérouler. Je suis tenté de m'asperger d'eau froide, même si je sais que cela ne servira à rien. J'ai goûté au fruit défendu, il est trop tard pour faire machine arrière.

Quand je ressors, Kenzie est de retour. Elle est

allongée contre les oreillers, un verre de vin à la main. Le mien m'attend sur la table de nuit.

Elle m'adresse un sourire triste, comme si elle comprenait le conflit qui me tourmente. L'idée qu'elle puisse être dans le même état que moi me heurte en pleine poitrine. Elle doit penser à Sam et regretter ce que nous venons de faire à l'encontre de sa mémoire. Elle va me dire : « C'était formidable, Drake, mais nous n'aurions jamais dû faire ça… » Je ne pense pas être capable de l'entendre.

Ce sont les pensées qui tournent en boucle dans mon crâne, mais je préférerais m'arracher les oreilles plutôt qu'entendre Kenzie les confirmer, alors que je suis de nouveau excité, que je me remets à peine de notre incroyable corps-à-corps et qu'il me tarde de commettre encore la même erreur.

Je sens mon cœur se serrer de nouveau et plaque une expression neutre sur mon visage. Kenzie ne doit pas voir à quel point je suis bouleversé, pour son bien et pour le mien.

Elle tapote le lit à côté d'elle et je vais la rejoindre. Je m'arme de courage pour affronter les conséquences de mes actes. Je viens de vivre mon moment parfait et maintenant elle en a terminé avec moi. Je devrais me sentir soulagé, mais un goût amer a rempli ma bouche.

Elle a préparé un plateau de fromages avec des crackers fait maison. Des figues fraîches coupées en quartiers et quelques cuillers de tapenade agré-mentées d'un filet d'huile d'olive accompagnent le tout. Je saisis avec reconnaissance un morceau de fromage et le croque avec un cracker. Si je dois avoir la nausée, autant que ce soit avec le ventre plein.

— Ne me dis pas que c'est toi qui as fait ces crackers ! je m'exclame.

Ils sont délicieux, avec des éclats de noix et des herbes aromatiques, sans doute du thym. Ce doit être cette odeur qui m'a accueilli à mon arrivée.

Elle hoche la tête et étale de la tapenade sur un cracker, avant de lécher une goutte d'huile sur ses doigts.

— Et la tapenade aussi. C'est ce que je préfère, précise-t-elle.

Elle émet un gémissement de satisfaction qui fait aussitôt vibrer mes entrailles. Je la regarde manger délicatement, savourer chaque bouchée, exprimer sa passion pour la nourriture. Je contemple sa langue rose qui vient recueillir chaque miette.

Autant dire que mon corps est soumis à une lente torture. Je cache mon désir derrière un compliment.

— Tu es une cuisinière hors pair. N'en doute jamais et ne laisse personne t'enlever cette passion pour la nourriture, dis-je.

Elle rougit et termine sa bouchée.

— Merci, dit-elle en baissant les yeux.

J'ai le sentiment que mes paroles l'ont touchée davantage que l'étreinte physique que nous venons de partager.

— C'est vrai que c'est une passion, mais je n'ai pas vraiment l'habitude de m'écouter, de me concentrer sur mes objectifs, m'explique-t-elle. Enfin… Maintenant, j'essaye quand même.

J'ai très envie de prendre son visage en coupe et de l'embrasser, mais un désir encore plus grand m'a envahi : celui de la protéger de tous les types arrogants du genre de Rod.

— J'espère bien. Il n'y a aucun mal à penser à soi.

En ce moment, Kenzie ne fait pas que renouer avec sa sexualité endormie. Elle reconstruit sa vie, s'habitue à l'idée que Tilly s'est détachée d'elle et se bat pour mener la carrière dont elle rêve depuis toujours...

Je me détends. Je dois trop compliquer les choses. Ma culpabilité et mes secrets ne doivent pas brouiller mon jugement. Kenzie ne veut que du sexe, elle me l'a dit. Je ne lui donnerai rien d'autre, puisque de toute façon ce n'est pas mon genre de m'attacher. Quoique... Là, il s'agit de Kenzie. Les règles habituelles ne peuvent pas s'appliquer avec elle. Car une seule étreinte, même si elle est sans importance, a un prix.

Elle doit se rendre compte que je suis dans mes pensées, car elle brise le silence.

— Et toi ? me demande-t-elle. L'armée ne te manque pas ?

Je me tends. Il y a tant de sujets risqués entre nous.

— Si, de temps en temps. Au début, c'était surtout la camaraderie entre soldats qui me manquait... Mais sans Sam...

Je hausse les épaules. Penser à mon ami alors que je viens de vivre la meilleure expérience sexuelle de ma vie avec une femme qui est sa veuve me vrille les entrailles. Je m'empresse de poursuivre :

— Je me suis rapproché de mes frères depuis que je travaille avec eux. Et puis les affaires de la famille m'appelaient. Mon père a pris sa retraite et nous avons assumé peu à peu toutes ses responsabilités à sa place. Maintenant, il passe le plus clair de son temps au golf.

Kenzie m'observe attentivement et retire soudain une miette du coin de ma bouche.

— Tu as de la chance d'avoir Reid et Kit. Moi, c'est Tilly, mon point d'attache. Je ne sais pas ce que je ferais sans elle.

Un pli douloureux marque ses lèvres. J'ai envie de l'embrasser pour le faire disparaître, mais non. Je préfère demander :

— Comment va-t-elle ?

Je me souviens d'une adolescente en marge de la société qui ressemblait beaucoup à Kenzie, qui adorait les animaux et Harry Potter.

Kenzie me sourit.

— Elle va bien. C'est merveilleux de la voir prendre son envol, se faire des amis.

Son regard pétille, tandis qu'elle suit du bout du doigt les motifs du couvre-lit.

— J'ai l'impression qu'elle te manque quand même.

Les deux sœurs sont très proches. Kenzie a passé une grande partie de sa vie d'adulte à prendre soin de Tilly. Une constante dans son existence.

Sam, lui, n'avait pas les mêmes scrupules avec ses parents.

Kenzie hausse légèrement les épaules.

— Il faut juste que je m'habitue à l'idée qu'elle n'ait plus autant besoin de moi. C'est la première fois que nous vivons chacune de notre côté. Mais je suis tellement fière de la voir relever les défis du quotidien ! Maman et papa en seraient fiers, eux aussi, s'ils étaient encore là.

À ces mots, je lui prends la main. Elle a les larmes aux yeux. Elle a tant souffert ces dernières années ! Pas étonnant qu'elle ait du mal à se faire à sa liberté toute neuve. Pas étonnant qu'elle veuille tracer son propre chemin.

— Ils seraient fiers de vous deux, je lui dis. Tu n'étais pas beaucoup plus vieille que Tilly quand tu as dû la prendre en charge.

Une douleur me transperce, rendue plus aiguë encore par ma propre culpabilité. J'essaye de me convaincre que c'est à cause du fromage, dont j'ai peut-être abusé.

— N'importe qui aurait fait la même chose, dit-elle en gardant les yeux baissés.

— Non, pas tout le monde. Il y a des gens qui ne pensent qu'à eux.

Je sens de nouveau mes poumons qui me brûlent en songeant au secret de Sam. Mon ami était un homme bien, mais il aurait fait du mal à Kenzie, lui aussi, s'il n'était pas mort. Tout comme je lui ai causé de la peine, moi, sans jamais pouvoir l'avouer.

Kenzie étale de la tapenade sur un autre cracker et le tend vers ma bouche en m'interrogeant du regard.

— Tu n'as pas goûté ma tapenade…

Je n'ai plus faim, mais je vois qu'elle souhaite changer de sujet. Moi aussi, d'autant que mes pensées vacillent toujours dangereusement en sa présence. J'ai encore envie d'elle. M'empiffrer est un plan qui en vaut bien un autre s'il peut calmer mon désir.

Un désir féroce qui ne faiblit pas.

Kenzie me sourit et une lueur de convoitise brille dans ses prunelles inquiètes.

— Je ne vais tout de même pas te remercier d'avoir couché avec moi, dit-elle, mais je te suis reconnaissante. Tu n'imagines pas à quel point j'en avais besoin !

Je m'empare de son poignet et approche le cracker qu'elle me tend tout en la contemplant par-dessus sa main.

— Ce fut un réel plaisir, crois-moi.

Je souris malgré moi, heureux d'être son étalon. Elle frémit lorsque ma bouche s'abat sur le cracker et que mes lèvres touchent ses doigts, que je lèche ensuite langoureusement.

— Délicieux...

Bien sûr, je ne fais pas allusion à la nourriture.

Les pupilles de Kenzie se dilatent et elle se penche vers moi pour poser ses lèvres salées sur les miennes. Sa bouche a le goût du vin et du fromage, mêlé au sexe que nous venons de partager.

Cette fois, la curiosité a raison de moi.

— Si je comprends bien, tu n'as rencontré personne d'autre après Sam ?

Elle est trop jeune pour rester seule, et elle a tant à

offrir ! Le fromage et le cracker que je viens d'avaler suivent une mauvaise route vers mon estomac. Il se peut que je n'apprécie pas sa réponse.

Elle secoue cependant la tête.

— Pendant longtemps, je n'ai pas pu me résoudre à cette idée, explique-t-elle. Je me sentais toujours mariée à Sam.

Elle me décoche un rapide coup d'œil, puis se détourne.

— Et puis je n'avais pas envie d'exposer Tilly à des inconnus dénichés sur les sites de rencontres. Or, je ne vois pas comment j'aurais pu rencontrer des hommes autrement…

Mes muscles se détendent, sans doute parce que je suis soulagé d'apprendre qu'elle a évité les aventures d'un soir avec d'éventuels psycho-pathes. La jalousie n'a rien à voir là-dedans. Mais ne venons-nous pas de vivre une aventure d'un soir, elle et moi ?

Non, pas du tout. En réalité, j'ai des sentiments pour elle, même si je dois les mettre en veilleuse et ne pourrai jamais rien lui offrir d'autre que du sexe.

La question qu'elle me pose alors me coupe le souffle.

— Je… Je sais que je t'ai mis dans une position difficile. Est-ce que tu penses à Sam ? demande-t-elle en fronçant les sourcils.

Le fromage menace de tourner dans mon estomac. Je devrais penser à Sam.

Je redoutais qu'elle me parle de lui, mais elle a peut-être besoin d'analyser ce que nous venons de faire pour pouvoir avancer. Je déglutis avec peine. Je préférerais m'arracher les cordes vocales que de parler de Sam, alors que je suis encore nu dans le lit de Kenzie, baigné de l'odeur de son sexe. Parce que je suis à moitié tenté de la coucher sous moi, ou sur moi, et de lui faire de nouveau l'amour. Au moins, nous n'aurions plus assez de souffle pour parler. Ses délicieux crackers me font l'effet de lames de rasoir dans mon ventre.

— Je…

Je n'ai pas envie de lui mentir, mais je ne peux pas non plus être complètement sincère avec elle. Kenzie est intelligente. Perspicace. Elle sent mon hésitation. J'envisage d'aller me réfugier dans la salle de bains sous prétexte d'un besoin urgent, afin de surmonter la nausée qui m'envahit lorsque je sens sa main sur mon bras.

— Tout va bien.

Son regard est triste. Toute la passion que j'ai pu y lire s'est évanouie depuis longtemps.

— Tu étais un ami tellement formidable pour lui, ajoute-t-elle.

Non, ce n'est pas du tout ce que j'ai envie d'entendre… J'ai trahi Sam en fantasmant sur sa femme et, en plus, je l'ai abandonné, lui, et j'ai fait d'elle une veuve.

Je brûle de me boucher les oreilles, comme un enfant qui ne veut pas entendre le mot « non ». Mais ce n'est pas possible : pour me racheter, je me dois de l'écouter.

— Et, même si je t'ai demandé de franchir la

114

ligne rouge, j'espère que nous pourrons rester amis, ajoute-t-elle.

Je manque de m'étrangler. Rester amis ? Elle me perçoit comme un ami ? Je grimace face à tant d'hypocrisie. Coucher ensemble de temps en temps n'est pas une bonne solution, surtout depuis que j'ai goûté à ce fruit si longtemps défendu. Je m'efforce de me rappeler qui elle était, et qui elle est.

La femme de Sam.

— Bien sûr.

Je souris malgré l'impression persistante d'avoir été déchiré en deux. Car je viens de vivre la meilleure expérience sexuelle de ma vie et il est l'heure de payer. J'ai toujours rêvé de partager bien plus que l'amitié de Kenzie, mais il faut que je me contente de cela, et c'est manifestement ce qu'elle veut, elle aussi.

Je peux toujours essayer. Cependant, les amis sont faits pour rendre la vie meilleure, pas pire. Les amis n'ont pas de secrets. Les amis ne se font pas du mal. Kenzie a confiance en moi, elle est convaincue que je ne la ferai jamais souffrir.

— Il te manque ? murmure-t-elle.

Je plante mon regard dans le sien. Mon hochement de tête est physiquement douloureux, parce qu'il traduit la vérité.

— Oui. C'était mon meilleur ami.

Nous partagions les rires, les larmes, le goût pour les bières artisanales et les bolides. Nous nous disputions à propos de tout et nous nous taquinions de manière impitoyable. Il me manque toujours autant, et la douleur se mêle à des années de sentiments torturés et confus.

Le sourire tremblant de Kenzie s'évanouit et c'est comme si je l'avais physiquement frappée. Je saisis sa main, enlace ses doigts frais.

Si Sam était encore là, je ne serais pas avec elle en ce moment, dans le même lit. Je ne l'aurais pas touchée. Je n'aurais jamais eu cette conversation, la plus intime que nous ayons jamais eue.

Sam me trancherait le cou s'il apprenait que j'ai touché sa femme. Que j'ai même osé y penser... Je me suis toujours blâmé de la désirer.

— Moi aussi, il me manque, avoue-t-elle. Le plus dur, c'est de ne pas l'idéaliser dans mes souvenirs. Parce qu'il n'était pas parfait... Seulement, il n'est plus là pour me trouver agaçante ou se disputer avec moi.

Un frisson d'appréhension me parcourt. Est-elle au courant, pour son aventure ? Sam et moi n'en avons parlé qu'une seule fois. Il m'avait avoué son manque de discrétion et je l'avais couvert en lui faisant promettre qu'il ne tromperait plus sa femme à la prochaine permission.

Mais Sam est mort en me laissant seul avec le fardeau de son secret et du mien. Ma peau se hérisse : je ne suis pas un ange.

Je viens de salir la mémoire de mon ami, j'ai rompu la promesse que je lui ai faite, puisque j'ai couché avec sa femme. Et puisque je serais prêt à recommencer tout de suite.

— C'est vrai qu'il n'était pas parfait. Personne ne l'est.

Et surtout pas moi. Mais Kenzie, elle, n'est pas loin de la perfection. Je ravale ma salive et scrute son visage à la recherche d'un indice prouvant qu'elle n'ignore pas l'infidélité de Sam. Si j'apprends cela, je pense que cela me brûlera comme de l'acide.

Je ne sais plus quoi faire.

Si je lui dis que Sam l'a trompée, elle me verra comme le salaud qui a sali sa mémoire. Si je garde l'information pour moi, je me fais le complice de Sam. Autant dire un menteur.

Quoi que je fasse, je suis coincé. Mais je le mérite.

— Tu te souviens de sa pièce de monnaie ? demande-t-elle en tournant vers moi un regard brillant.

Me voilà de nouveau pris au piège.

J'acquiesce, le cou raide.

— Bien sûr. J'ai perdu de nombreux paris avec lui à cause d'elle.

J'ai perdu la possibilité d'être avec Kenzie. Et j'ai perdu mon ami.

Si Sam n'avait pas eu autant de chance avec cette maudite pièce, il serait ici aujourd'hui, contrairement à moi. C'est à cause de cette pièce que Kenzie lui appartient.

— Oui, moi aussi.

Elle me sourit et je suis certain que les crackers vont refaire une apparition.

— Il l'emmenait partout, continue-t-elle. Il me rendait fou avec sa pièce.

J'avale la boule coincée dans ma gorge et je hoche la tête. Je m'efforce de ralentir ma respiration, de rester là à écouter Kenzie, même si je préférerais me percer les tympans. Je n'ai aucune envie de l'entendre me raconter ses tendres souvenirs avec Sam. Seulement, c'est le prix à payer pour goûter le nirvana. Mon acte de rédemption pour céder à cette attirance qu'elle m'inspire depuis toujours.

— Je vois encore Sam demander : « Tu veux du thé ou du café ? », puis lancer sa pièce en l'air.

Elle lève les yeux au ciel.

— « Tu veux aller au cinéma ou boire un verre ? » et il lançait sa pièce en l'air. L'Espagne ou la France ?

Un sourire triste plane sur ses lèvres pleines.

Je serre le poing sous la couverture et enfonce les ongles dans mes paumes. Je me suis comporté en monstre d'égoïsme en fuyant Kenzie. J'étais l'ami de Sam, son meilleur ami. À l'exception de cette femme, je le connaissais mieux que personne. Il est évident qu'elle avait besoin de parler de lui avant ce jour, et qui d'autre aurait pu mieux le faire que l'homme qui avait toujours été à ses côtés ? Celui qui avait été présent jusqu'au bout ?

Comme si elle lisait dans mon esprit torturé, elle me dit :

— Crois-tu que tu pourrais… ?

Elle détourne le regard, puis le repose sur moi.

— J'aimerais que tu m'en parles… De temps en temps, ajoute-t-elle.

Mon sang se fige. Mon visage doit refléter l'horreur que je ressens.

Elle serre ma main.

— Pas maintenant, précise-t-elle. Un jour seulement... Quand tu te sentiras prêt. Si tu veux bien.

Je déglutis. Ma gorge est en feu. Je retire ma
main de la sienne.

— Il vaut mieux que je parte. Il se fait tard.

Je me détourne du chagrin qui brille encore dans
son regard – chagrin pour la perte d'un autre homme,
chagrin dont je suis responsable et que je partage,
parce que, malgré ses défauts, Sam me manque,
aussi, et que c'est à cause de moi qu'il est parti.

Je m'extrais des couvertures et enfile maladroi-
tement mon caleçon.

— Tu ne veux pas rester ?

Sa voix est chargée d'une vulnérabilité qui me
retient quelques instants.

Mon cœur bat fort dans ma poitrine. Non, je ne peux
pas. J'ai l'impression d'avoir survécu à la meilleure
nuit de ma vie, ou à la pire, mêlée à un tourbillon
de doute et de remords qui me soulève le cœur. Je
risque de me réveiller demain avec Kenzie dans les
bras et de croire que c'est Noël, jusqu'à ce que je me
souvienne que ce cadeau ne m'appartient pas. Je dois
absolument retrouver le contrôle de la situation.

Je me tourne, prends son visage entre mes mains
et pose délicatement sur ses lèvres un baiser qui,
je l'espère, adoucira mon refus. Elle n'y est pour
rien, tout est ma faute. Je suis responsable des choix
malheureux que j'ai faits et je dois vivre avec.

— Je dois m'en aller, dis-je enfin.

Elle se mord les lèvres et baisse les yeux.

— Tu te sens coupable à cause de moi… Pour ça… ?

Elle se soucie encore de moi, alors que c'est moi qui suis en faute.

Elle croit m'avoir forcé à vivre cette expérience merveilleuse ? Elle pense que je suis à ce point loyal à Sam, et que ce n'était rien de plus qu'une petite partie de jambes en l'air pour moi ? Je grimace. Ce qu'elle croit est à l'opposé de la réalité, mais je préfère faire taire mes sentiments, qui ne font qu'embrouiller mon esprit.

Kenzie aime Sam, même si elle sait qu'il l'avait trompée.

Que dirait-elle si elle apprenait que l'homme avec lequel elle vient de coucher, à qui elle a offert son corps, avec qui elle a fait l'amour pour la première fois depuis la mort de son mari, était tellement obsédé par ses propres désirs qu'il n'a pas pensé une seule seconde à son meilleur ami ? Ce même homme qui est responsable de la disparition de son mari, parfait ou pas ?

Rien n'a changé.

— Non, pas du tout.

J'encadre de nouveau son visage de mes mains.

— J'ai passé un merveilleux moment, dis-je.

C'est l'euphémisme du siècle.

— Moi aussi.

Mais le doute hante son regard.

Je l'embrasse, parce que, si j'en dis plus, je serais capable de tout lui avouer. Lorsque je m'écarte, l'orage qui traversait ses prunelles a disparu.

— J'aimerais t'emmener prendre un petit déjeuner, ou déjeuner quelque part demain, je lance. Pour me rattraper comme il se doit.

Dans un lieu public, tout habillé, pour être sûr de me comporter en parfait gentleman.

Elle hoche la tête avec un sourire éblouissant, puis fronce les sourcils.

— Mince, je ne peux pas ! J'ai promis à Tilly de l'aider à monter des meubles.

Elle rejette en arrière les cheveux retombés sur son visage et les attache avec un élastique.

— Je le lui ai promis et, si nous ne le faisons pas demain, elle va s'angoisser. Et, après, je suis du soir au restaurant.

J'enfile mon pantalon, le cœur gros. Kenzie a traversé tant d'épreuves ! Sa vie a été bouleversée tant de fois ! Et elle persévère malgré tout, attentionnée, indépendante, sans jamais se plaindre. Cette femme est étonnante. Bientôt, son grand cœur aura cicatrisé et elle ne voudra plus seulement du sexe. Elle éprouvera de nouveau le désir d'avoir une vraie relation avec un homme.

Vais-je être capable de rester sans rien faire, de regarder les choses arriver une deuxième fois ?

— Je peux vous aider à monter les meubles, je propose sans réfléchir.

Je fouille l'appartement à la recherche de ma chemise pour éviter de la regarder, tout en maudissant mon impulsivité et les élans protecteurs que Kenzie m'inspire. Si elle en a terminé avec moi, qu'elle refuse mon aide ou ma compagnie, je ne veux pas le lire sur son visage. Ce genre d'expérience vous poursuit à vie et vous mange tout cru...

— C'est vrai ?

Elle s'est levée et me tend ma cravate et ma veste. Je hausse les épaules.

— Bien sûr ! Et ensuite nous irons prendre un brunch. J'ai un petit restaurant en tête, même si je doute que la nourriture qu'on y sert soit à la hauteur de tes attentes.

Elle rit et je l'enlace en l'attirant vers moi pour l'embrasser. Je ne peux pas m'en empêcher.

Juste une dernière fois...

Quand je l'embrasse, cela m'empêche de dire des bêtises, mais cela provoque un autre problème : je vais devoir marcher jusqu'à ma voiture avec une érection, poursuivi par le délicieux parfum de Kenzie et un essaim de culpabilité et de regrets qui bourdonnent dans ma tête.

6

Kenzie

J'entends frapper à la porte. C'est Drake qui arrive ! Mon pouls s'accélère. Je lui ai proposé de me rejoindre directement chez Tilly, mais il a insisté pour venir me chercher à la maison. Je pose la main sur la poignée de la porte en tâchant de dompter la myriade d'émotions qui m'envahit et me donne la nausée.

Hier soir, j'ai brouillé les limites.

J'étais tellement désespérée, j'avais tellement besoin de me sentir désirée, convoitée ! Et je savais très bien que Drake me traiterait avec douceur et respect. Alors, quand je lui ai demandé de faire l'amour avec moi, je n'ai pas pris le temps de penser à autre chose que les orgasmes qu'il allait me donner.

Je n'ai pas anticipé les sentiments. Ni les siens ni les miens.

Dès que j'ai reposé les pieds sur terre, j'ai senti que Drake se refermait en lui-même, parce qu'il regrettait ce que nous venions de faire. Certes, il a prononcé les mots qu'il fallait pour me préserver, car c'est quelqu'un de bien, mais son expression neutre n'était pas aussi bien étudiée qu'il le pensait.

J'espère juste que la mienne a été plus crédible.

Le front contre la porte et la main sur le verrou, j'hésite à ouvrir. Je n'aurais pas dû lui poser des questions indiscrètes quand j'ai compris qu'il n'avait qu'une idée en tête : s'en aller en courant. Je pensais que parler de Sam lui apporterait une certaine tranquillité d'esprit. Je voulais lui montrer que, même si nous avions cédé à cette incroyable alchimie qui existe entre nous, les choses pouvaient redevenir normales.

Je ferme très fort les paupières pour refouler le sentiment de culpabilité qui m'envahit. Drake s'est-il senti utilisé ?

Il frappe de nouveau.

Je prends une inspiration. C'est moi qui lui ai réclamé du sexe. Il est temps de rappeler les faits et ce n'est pas si difficile. Drake est l'une des rares personnes que je connaisse à Londres et il est important d'avoir un ami. Un ami avec d'incroyables atouts...

Je plaque sur mon visage un sourire amical qui, je l'espère, cache ma gêne, et j'ouvre la porte.

Il porte un jean et un pull qui paraît si doux qu'il me donne envie d'y frotter mon visage. Je suis tentée d'oublier toutes les bonnes résolutions que j'ai prises à mon réveil. Je me souviens du combat que Drake s'est livré avant que je le pousse à accepter ma proposition, ainsi que de son regard méfiant dès l'instant où tout a été terminé.

— Bonjour !

Il porte une écharpe et ses cheveux sont ébouriffés à cause du vent. Il est beau à tomber.

— Bonjour, je réponds d'une voix un peu trop aiguë, comme le signe évident que je le désire toujours.

Il me dépose un baiser sur la joue et me décoche un sourire insolent. Je me souviens comment cette même bouche s'est posée sur moi pour me dévorer si habilement que j'en ai perdu la tête.

Je me racle la gorge et détourne le regard. Le contact de ses lèvres sur ma joue vient de me rappeler à quel point nous nous entendons bien physiquement. Mon attirance dépasse la simple alchimie car, hier soir, je me suis sentie libre d'explorer ce qui, ces trois dernières années, m'apparaissait comme un acte interdit.

Puis la culpabilité s'est abattue sur moi. J'ai essayé de découvrir ce que Drake pensait, mais il s'est dérobé, me prouvant à quel point je le connais mal, malgré la façon dont nous nous complétons physiquement.

Je suis en train de confondre une expérience sexuelle formidable avec quelque chose de plus profond, je crois.

— Je suis presque prête.

Je m'empresse de prendre mes clés, mon téléphone et mon sac, ravie que cela m'empêche de poser les mains sur Drake. Maintenant que ma traversée du désert a pris fin, j'ai l'impression d'être devenue accro au sexe, comme si j'en avais un besoin maladif.

— Il fait froid dehors.

Drake me débarrasse de mon sac pendant que je cherche une écharpe, et j'accueille cette attention avec un pincement à l'estomac.

Drake est un homme si honorable. Le fait d'avoir répondu à ma demande la nuit dernière a dû lui coûter très cher. Sam était son ami et je lui ai demandé de mettre cela de côté.

Il a essayé de le cacher, mais son conflit intérieur était égal au mien, je l'ai vu. J'ai passé ces trois dernières années à me débattre contre ma solitude, contre le sentiment de ne pas être à la hauteur et, par-dessus tout, contre la discorde qui régnait dans mon couple. J'aimais Sam, mais il m'a trompée. Je n'ai jamais eu l'occasion de me demander ce que j'aurais fait, parce qu'il est mort avant notre inévitable confrontation. J'ai reçu deux coups d'affilée, deux coups qui m'ont poussée dans des directions opposées sans m'apporter de réponses.

Et maintenant une autre question se pose : Drake était-il au courant ? Cela explique-t-il sa prudence ? Je cache la douleur qui oppresse ma poitrine en fouillant dans un tiroir.

Coucher avec Drake a tout compliqué. Tout ce que je croyais avoir accepté depuis des années est remonté à la surface et se dresse devant moi comme un mur.

Je peux au moins réparer une chose : je peux détendre l'atmosphère, m'excuser et lui promettre de ne plus jamais le mettre dans une situation délicate.

Je prends une inspiration saccadée, puis je me lance :

— Écoute. J'ai réfléchi à la nuit dernière. Malgré

ce que tu as dit, je me sens… mal. J'ai l'impression de t'avoir… forcé.

Il fronce les sourcils et pose un doigt frais sur mes lèvres.

— Tu ne m'as pas du tout forcé, tu m'entends ?

J'acquiesce et son doigt rebondit sur ma lèvre.

— Nous sommes sur la même longueur d'onde, ajoute-t-il.

Au lieu de me rassurer, ces mots me rendent muette, comme si mon squelette venait de se dissoudre dans un nuage de fumée. Mais c'était bien ce que je voulais, non ? Tirer un trait sur ce qui s'était passé la veille ?

Je soupire et j'attends, sous le poids de son regard sombre.

Il fait glisser son doigt le long de mon cou.

Est-ce celui-là qui était en moi la veille ? Le même dont il s'est servi pour torturer le point le plus sensible de mon corps et qui m'a fait jouir pour la première fois ? Je retiens mon souffle en le voyant s'écarter de moi et me gifle mentalement. Il faut que j'arrête de penser au sexe avec Drake. Mon heure de gloire est passée.

Il est temps de me concentrer sur mon nouveau départ, et sur Tilly.

— Formidable !

J'enfile mon manteau en masquant la déception qui doit avoir envahi mon visage. Je finis par trouver mon écharpe, exactement là où elle devait être : sur la patère où j'accroche mes manteaux.

— Allons-y ! dis-je.

Nous marchons en silence dans la rue en veillant à nous tenir loin l'un de l'autre. Cela me laisse le temps de penser à la nouvelle difficulté que j'ai créée, mais aussi de ressasser les événements de la veille.

Je me suis sentie tellement sensuelle, tellement vivante et féminine dans les bras de Drake ! Il a réussi la prouesse de transformer un acte potentiellement embarrassant en une expérience formidable.

Je viens de passer trois ans à douter de moi, à me poser des questions, à me sentir mal aimée, sans valeur, et Drake a chassé tous ces sentiments dès le premier baiser.

Mais les doutes sont revenus me hanter lorsque j'ai vu le regret teinter ses traits, dès que la sueur a commencé à s'évaporer de sa peau...

Je baisse les yeux. Ma gorge me brûle.

Peu importe la douceur de notre étreinte et l'intensité du désir que j'en avais, le goût de la trahison est toujours présent. Tout est si complexe ! Mes sentiments pour Sam, mon attirance pour cet homme qui marche à côté de moi, la profonde et indéfectible amitié entre eux deux...

Un cri silencieux monte dans ma tête, tandis que je réalise l'énormité de ce que j'ai fait.

J'ai couché avec le meilleur ami de Sam.

Était-ce un moyen détourné de retrouver un peu mon mari, trahissant par la même occasion Drake ? Mes paupières me brûlent. Égoïstement, j'ai apprécié chaque seconde sans jamais penser à ce que Drake pouvait ressentir, au déchirement qu'il devait éprouver à cause de son intégrité et de sa loyauté envers Sam, au fait que ses propres démons menaçaient de refaire surface…

J'avance machinalement en songeant à feindre une douleur à l'estomac pour rentrer chez moi. Mais je ne peux pas faire faux bond à ma sœur. Je préfère poser une question sans intérêt.

— Où es-tu garé ?

Tout est bon pour rompre ce silence tendu.

Drake me lance un regard en coin et fait un pas de côté pour laisser passer une dame avec une poussette. Ce mouvement le propulse vers moi et il pose la main dans le creux de mon dos pour me retenir.

— Je ne suis pas venu en voiture, répond-il d'une voix grave tout près de mon oreille.

Je sens son souffle chaud dans mon cou.

— Je me suis dit que ce serait plus rapide et plus simple de prendre le métro, explique-t-il.

Mon pouls s'accélère et je le sens même battre entre mes cuisses. Partagée entre les événements de la veille et le découragement qui m'a envahie lorsqu'il a accepté si vite mes excuses et ma proposition d'oublier tout cela, je suis complètement déstabilisée par cette information.

— Tu prends le métro ?

Il hausse les épaules et sourit. L'occasion est trop bonne pour qu'on la laisse passer.

— Toi, Drake Faulkner, propriétaire d'une chaîne d'hôtels, tu prends le métro ? dis-je pour le taquiner.

Il se frotte le front avec un sourire séducteur qui me fait prendre conscience que je suis une femme qui vient tout juste de renouer avec sa sexualité.

— Il existe beaucoup de choses chez moi qui pourraient te surprendre, répond-il.

Je rougis. Oui – son aptitude phénoménale à me faire jouir, sa croyance en mes compétences culinaires, et le fait qu'il ait voulu nous aider, Tilly et moi, à monter des meubles aujourd'hui. Drake aurait pu tout aussi bien m'envoyer promener et ne plus jamais me revoir, après ce qui s'est passé.

Je brûle d'en savoir plus.

— J'en suis sûre. Mais nous pourrions peut-être y remédier…

— Peut-être, c'est vrai.

Il sourit, puis son visage se ferme et il détourne le regard, mettant entre nous une distance qui me rappelle qu'il n'y aura plus d'orgasmes. En tout cas, plus avec Drake.

Et plus de surprises, non plus.

— Explique-moi ce que nous allons faire aujourd'hui, demande-t-il.

— L'une des colocataires de Tilly a déménagé et elle a emporté ses meubles. Ma sœur a donc acheté une bibliothèque et elle voudrait que je l'aide à la monter. Cela ne devrait pas être long…

Je regarde ma montre.

— Nous sommes en retard ? interroge Drake en me prenant le coude pour me guider à travers la foule qui envahit les trottoirs le samedi.

— Non, mais l'exactitude a une grande importance pour Tilly. Il lui faut une routine. Elle a besoin de savoir quand les choses vont se produire. Cela l'aide à surmonter ses angoisses.

130

— Dépêchons-nous, alors !

Il accélère le pas.

Nous arrivons à la station de métro et je m'arrête pour le laisser passer devant moi.

— Je m'incline devant ta connaissance supérieure du métro londonien, je le taquine. Je m'y perds encore régulièrement.

Nous éclatons tous deux d'un rire complice et naturel, et je sens un relâchement en moi, comme si on venait de me retirer une écharde. Tout va bien se passer avec Drake, je le sens. Oui, à partir de maintenant, nous aurons des relations purement platoniques.

Une rafale de vent monte du labyrinthe de couloirs souterrains et une bouffée du parfum de Drake chatouille mes narines. Mon bas-ventre se contracte lorsque je me souviens comment je me suis endormie hier soir, seule, mais enveloppée de l'odeur de Drake sur mon oreiller.

Une relation platonique ? On peut toujours espérer...

Tilly nous accueille de très bonne humeur, parce que Drake sait s'orienter dans le métro comme s'il le prenait tous les jours. Cela veut dire que nous sommes à l'heure.

Tandis que je rappelle à Tilly qui est Drake – ils ne se sont rencontrés qu'une seule fois, l'année où Drake avait passé exceptionnellement Noël avec nous –, je sens une pointe d'appréhension. Je suis trop protectrice à l'égard de ma sœur, et je n'ai pas eu l'occasion de lui expliquer la nature exacte de ma relation avec Drake.

Sans doute parce que, outre son aspect provisoire, je n'ai aucune idée de la façon dont il faut la qualifier. Mes doutes augmentent lorsque je contemple le sourire sincère de ma sœur et le respect avec lequel Drake la traite, comme il le fait avec toutes les personnes qu'il rencontre.

— Bon, par où commençons-nous ? demande-t-il en s'emparant de la trousse à outils.

Je propose de faire du thé pendant qu'il porte le carton dans le salon. Leurs conversations à voix basse et les rires qu'ils lancent de temps en temps me parviennent depuis l'autre pièce. Le rire de Drake m'évoque son sourire espiègle. Je me crispe, avant de me souvenir du visage de Drake entre mes jambes et au-dessus de moi, tandis qu'il nous conduisait tous les deux vers le nirvana.

Puis-je vraiment renoncer à une deuxième expérience ?

J'ouvre les yeux et verse l'eau bouillante dans la théière. Dix heures seulement après mes deux orgasmes spectaculaires, et une heure après avoir juré de cesser de penser à lui de cette manière, me voilà de nouveau brûlante de désir pour lui. Comment ai-je pu survivre trois ans ? Quelques heures seulement me paraissent déjà une éternité.

Non, cela ne peut plus se reproduire. C'est mieux ainsi. Drake restera tout au plus un visage amical pour Tilly et moi dans notre nouvelle vie. Et peut-être qu'il a besoin d'amis, lui aussi, d'une personne qui connaissait Sam.

Manifestement, il n'a pas encore réglé toutes les

questions sur sa mort. Il a dit que c'était entre autres à cause du décès de Sam qu'il avait quitté l'armée. Je déglutis en essayant d'imaginer l'horreur que ce doit être de voir mourir son meilleur ami.

A-t-il souffert de stress post-traumatique ? Sa vie a-t-elle changé après ce qui est arrivé à Sam ? Serait-il encore dans l'armée si ce drame ne s'était pas produit ?

J'apporte le thé dans le salon. Drake et Tilly ont déballé tous les éléments de la bibliothèque, et Tilly a aligné les outils dans l'ordre requis.

Elle nous regarde tour à tour, l'air de réfléchir.

— Tu étais l'ami de Sam à l'armée ? demande-t-elle soudain.

Elle connaît la réponse, mais le fait de reformuler les questions est une façon pour elle de s'adapter au caractère imprévisible de ce monde.

Drake acquiesce avec un sourire.

— Oui, nous étions dans le même régiment.

Il croise mon regard et je retiens mon souffle. Avec une seule question, Tilly vient de soulever un sujet qui met en évidence les obstacles qui se dressent sur notre route si nous voulons continuer à entretenir la liaison purement sexuelle que mon corps réclame à grands cris.

— Mais Sam est mort, dit ma sœur en se tournant vers moi.

Je fais oui de la tête et m'efforce de contenir mes émotions, pour le bien de ma sœur. Nous avons répété cette scène des milliers de fois.

La mort est un concept trop abstrait pour une

personne dotée d'un esprit concret et terre à terre comme elle.

— Et donc, maintenant, tu es l'ami de Kenzie.

À sa manière directe, Tilly vient de mettre le doigt sur la plaie. Ma gorge se serre sous l'effet du doute, mais aussi de l'espoir.

Est-il mon ami ? Il ne désirera sans doute jamais aller plus loin.

— C'est exactement cela, dis-je d'un ton léger.

Je croise le regard furibond de Drake, qui paraît au bord de la nausée.

— Et, une fois qu'il nous aura aidées à monter ces meubles, je pense que Drake sera aussi ton ami, tu ne crois pas, Tilly ?

Elle hausse les épaules. Il n'est pas facile de gagner sa confiance. Elle se lance alors dans un jeu de questions-réponses sur son sujet de prédilection : Harry Potter, Poudlard et J. K. Rowling.

Drake répond à chaque question avec une patience infinie. Nous assemblons la bibliothèque en équipe. Pour la première fois depuis un mois, je me détends, et le faible soleil de novembre me paraît un peu plus éclatant.

Grâce à l'« amitié » de Drake, il se peut qu'après tout nous trouvions du bon à Londres, Tilly et moi.

— Voilà !

Drake m'offre une bouchée de sa gaufre au poulet, qui dégouline de sirop d'érable.

J'hésite.

— Je suis désolée… J'ai toujours envie de goûter à

tout ce qu'il y a sur le menu, et, quand je me décide pour un plat, j'ai aussi envie de ce que les autres ont commandé.

Il sourit et tend une pleine fourchette vers ma bouche.

— Je savais que cet endroit te plairait. C'est le petit restaurant le plus branché de Chelsea. Il vient d'ouvrir et il a déjà gagné plusieurs prix culinaires.

J'accepte la nourriture qu'il m'offre et savoure ce geste intime, tandis que le mélange sucré-salé explose sur ma langue.

— Merci.

Je déglutis au prix d'un effort. Je me souviens de la scène érotique de la veille, quand il a léché chacun de mes doigts avec ce regard sombre...

— C'est bon, ça suffit, lui dis-je en déclinant une autre fourchetée. Sinon, je risque de ne plus pouvoir rentrer dans mon jean.

Je m'adosse à mon siège.

Je me sens bien. La gêne de ce matin a disparu. Maintenant que la question du sexe est réglée, je peux me concentrer sur Tilly et sur mon nouveau travail. Peut-être avons-nous trouvé notre place.

Je lève les yeux et vois le sourire de Drake s'évanouir.

— Qu'y a-t-il ? je demande, inquiète.

— Rien. Je suis juste surpris que Tilly n'ait pas voulu se joindre à nous.

Je détourne le regard et ravale le sentiment de flotter qui n'est jamais très loin.

— Elle a pris de nouvelles habitudes. Le samedi,

elle fait des courses, puis elle va au cinéma avec ses colocataires.

— Ce sont des choses que vous aviez l'habitude de faire ensemble ? demande-t-il.

J'acquiesce et cligne les paupières pour chasser la buée qui s'est formée sur mes yeux, partagée entre le bonheur que je ressens pour ma sœur et le sentiment d'être mise de côté.

— Elle est de plus en plus indépendante…

Drake se penche vers moi, créant une bulle d'intimité qui nous coupe de l'agitation ambiante, comme s'il sentait mon désarroi.

— Grâce à l'éducation que tu lui as donnée, Tilly est devenue une formidable jeune femme. Je suis content que tu aies du temps pour t'occuper de toi, maintenant.

Malgré ses paroles attentionnées, il n'a pas l'air heureux. Il semble nerveux, distrait. Mais il ne me laisse pas le temps de l'interroger.

— Tu te vois encore travailler dans un restaurant comme le Faulkner dans cinq ans ? Devenir chef, avec quelques étoiles Michelin dans tes bagages ?

Ce changement de sujet pourrait être interprété comme une diversion, mais Drake a le visage grave, comme s'il me croyait réellement capable de telles chimères.

Je prends une gorgée d'eau pour contrecarrer le rouge qui me monte aux joues sous son regard attentif et ses compliments déguisés.

— En réalité, j'ai un projet, je déclare.

— Formidable ! Tu veux m'en parler ?

Il repousse son assiette et pose les coudes sur la table.

— Si tu veux…, je réponds, un peu hésitante.

À l'exception de Tilly, je n'ai jamais parlé à personne de mon rêve.

— Mais tu me promets que tu ne riras pas ! j'ajoute.

Maintenant que je suis sur le point de le formuler à voix haute, mon rêve me paraît naïf, tiré par les cheveux et irréaliste.

Drake fronce les sourcils.

— Pourquoi devrais-je rire ?

Son regard pénétrant me transperce. Mon sang bouillonne, tout comme la veille lorsqu'il m'a déshabillée en prenant tout son temps.

Je hausse les épaules.

— J'ai consacré tellement d'énergie à élever Tilly que j'ai l'impression que je ne sais plus comment faire lorsqu'il s'agit de réclamer quelque chose pour moi-même.

Je me liquéfie en me rappelant ce que je lui ai demandé la veille. Et avec quel dévouement il a répondu à ma requête…

Je continue. L'idée douloureuse que tout est terminé entre nous m'aide à me concentrer.

— Un jour, j'aimerais avoir mon propre restaurant. Rien de très grand. Juste un établissement qui propose des plats du jour, confectionnés à partir de produits biologiques.

Il hoche la tête. Son regard est chaleureux, encourageant.

— Cela me paraît une excellente idée. Je t'imagine bien disséminant ton concept dans toute la ville.

Mon regard se pose sur son torse. Je ne peux pas m'en empêcher. Ses muscles tendent la laine fine de son pull.

— Merci.

Je relève les yeux et lui tends le pot à sucre posé au milieu de la table.

— Sauf que j'aimerais employer des adultes en situation de handicap. Des adultes comme Tilly.

Il hoche la tête en me lançant un regard inquisiteur.

— Ton ancien travail d'assistante d'éducation te manque ?

Je souris et rougis de plaisir. Ainsi, il se souvient que je travaillais dans un centre d'éducation spécialisé ?

— J'ai été licenciée peu de temps après le décès de Sam. Restriction de personnel.

Il pâlit, l'air choqué.

— Je l'ignorais. Je suis désolé, dit-il.

Je ris, surprise par sa réaction.

— Tu ne pouvais pas le savoir. Ce n'est pas ta faute.

Il déglutit, le regard un peu tourmenté.

— Je m'en veux ! Dire que tu as dû surmonter cette épreuve en plus de tout le reste !

Il serre le poing à côté de ma main posée sur la table.

Je retiens mon souffle. Je pourrais le toucher, mais je ne saisis pas cette occasion.

— J'ai utilisé ma prime de licenciement pour

payer l'école hôtelière où j'ai appris la cuisine. Et me voilà !

Un sourire étire ses lèvres et de petites rides très séduisantes se forment au coin de ses yeux.

— Formidable ! Si je comprends bien, tu es à mi-chemin de ton rêve, maintenant.

L'espace d'un instant, une émotion inconnue m'envahit. C'est exactement ce que j'espérais trouver en allant le voir : une personne capable de croire assez en moi pour me donner ma chance.

Ses yeux sont toujours sur moi, si bien que je m'efforce de me ressaisir.

— Si nous devons être amis maintenant, dis-je, j'aimerais bien que tu m'expliques certaines choses. J'ai vu tout à l'heure que tu avais une connaissance impressionnante de tout ce qui a trait à Harry Potter, mais ce n'est pas ça qui m'intéresse.

Non. J'ai plutôt envie de lui demander s'il veut une femme et des enfants. S'il envisage de se fixer un jour.

Il sourit, mais je le sens méfiant. Je le connais assez pour savoir qu'il n'aime pas se livrer.

— Commençons par le travail, dis-je. Ça te plaît, le domaine de l'hôtellerie ?

Il sourit à la manière d'un enfant.

— Oui, beaucoup. Il a fallu que je change de rythme, bien sûr… Évidemment, je passe beaucoup de temps à faire du sport, pour contrecarrer les effets de la bonne nourriture, et mon diplôme ne m'est pas très utile. Mais j'ai vite appris le métier.

Je ne pouvais pas laisser Kit et Reid me dépasser, tout de même !

Je ris. Les trois frères Faulkner sont de redoutables chefs d'entreprise qui ont grandi dans une famille qui brassait déjà des affaires. Je doute que ses frères puissent surpasser Drake et, sur le plan physique, ni l'un ni l'autre ne lui arrivent à la cheville.

— Ton père a pris sa retraite ?

— Presque, et c'est tant mieux.

Il sourit et mon cœur chavire.

— Il commence à perdre la mémoire, poursuit-il. C'est sans doute à force de jouer au golf.

Pour cesser de craquer devant son sourire, je regarde l'heure.

— Mince, je dois partir ! Je ne veux pas être en retard.

Je me lève, prends mon manteau et décroche mon écharpe de mon sac. Drake paye l'addition malgré mes protestations.

Il pose une main dans le creux de mon dos tandis que nous quittons l'atmosphère chaude et bruyante du restaurant.

— Ne t'inquiète pas. Nous allons prendre un taxi.

Une fois que nous sommes dans la voiture, la situation me heurte de plein fouet : la gentillesse de Drake à l'égard de Tilly, la passion que nous partageons pour la gastronomie, sa confiance en moi. Maintenant que nous nous sommes retrouvés, je ne peux pas tout gâcher avec une chose aussi triviale que... le désir. Qu'importe la qualité de l'expérience que nous avons partagée et l'intensité de mon envie de recommencer, je n'ai pas suffisamment d'amis à Londres, ni même de connaissances, pour mettre cette amitié en péril.

Je prends mon courage à deux mains.

— Je te remercie pour tout ce que tu as fait aujourd'hui, Drake. Tout est donc clair entre nous ?

Son regard impénétrable se détache de ma bouche, alors que ce matin il était si limpide, si ouvert et amical.

— Oui, tout est clair.

— Alors, on est amis ?

Ce dernier mot a du mal à franchir mes lèvres, mais je me plaque un sourire forcé pour faire comprendre à Drake que je ne lui réclamerai plus d'orgasmes.

Avant qu'il puisse confirmer notre nouveau statut, mon téléphone émet un bip et j'en profite pour dissimuler ma réaction en consultant le texto.

Je lui montre la photo envoyée par Tilly, qui a décliné son invitation au brunch pour remplir sa nouvelle bibliothèque avec sa collection de livres de Harry Potter.

Drake émet un rire grave.

— J'adore Harry Potter.

Son rire, comme son sourire, me frappe de plein fouet. Les secondes tendues qui viennent de s'écouler s'évanouissent comme un produit de mon imagination.

— C'est drôle, qui aurait cru cela de ta part ?

Je lui décoche un coup d'épaule complice et

regrette aussitôt de l'avoir touché. Mon corps désire tant que nous soyons davantage que des amis !

— A-t-elle visité le studio où a été tourné *Harry Potter* ? demande-t-il.

Je lève les yeux au ciel, soulagée qu'il nous entraîne sur un terrain plus sûr.

— À six reprises, mais cela figure encore sur sa liste de cadeaux pour son anniversaire.

— Nous pourrions y aller ensemble. Cela fait des années que je n'y suis pas retourné.

Je hoche la tête, l'esprit vide. Ma détermination à écarter le sexe est plus forte que jamais. Tilly et moi, nous avons un nouvel ami.

— Cela m'a tout l'air d'être une proposition, dis-je en descendant de la voiture devant le Faulkner, avant de réaliser ce que je viens de dire.

— Oui, c'est une proposition.

Drake paye le taxi et nous prenons des directions différentes. Pendant ce temps, j'essaie de percevoir son amitié autrement que comme un lot de consolation.

7

Drake

Je ferme le capot de mon ordinateur et serre le poing sur le bureau. J'ai beau crouler sous le travail, rien ne parvient à me distraire des pensées qui hantent mon esprit depuis vingt-quatre heures.

Kenzie.

Dès qu'elle m'a ouvert sa porte, j'ai anticipé son rejet. Elle a eu raison de nous éloigner des eaux troubles d'une relation sexuelle sans attaches, car ce genre de liaison ne peut fonctionner qu'entre des personnes qui n'éprouvent aucun sentiment l'une pour l'autre. Or, Kenzie et moi, nous partageons une histoire. Nous sommes compliqués.

Passer la journée avec elle a été une erreur.

Quand elle m'a dit qu'elle avait perdu son emploi juste après la mort de Sam, je me suis senti très bête. Comment ai-je pu la laisser se débattre contre les difficultés sans lever le petit doigt ?

Elle avait besoin de quelqu'un, elle avait besoin de moi, et je n'étais pas là ! Ah, ma culpabilité avait bon dos, et mon besoin égoïste de me protéger aussi...

Heureusement que je ne me suis pas dérobé quand elle m'a demandé de la remettre en selle côté sexe… Je ne peux pas lui en vouloir de m'avoir sollicité pour cela. Il lui fallait quelqu'un de sûr qui l'aide dans ce domaine. Mais maintenant qu'elle m'a rangé dans la case « ami », qui me revient, tout va bien et je devrais me sentir soulagé. Or j'en frémis d'horreur.

Si nous devons être amis maintenant…

« Alors, on est amis ? » m'a-t-elle demandé. « Je pense que Drake sera aussi ton ami, tu ne crois pas, Tilly ? »

Je m'écarte du bureau assez violemment pour envoyer mon fauteuil s'écraser quatre étages plus bas, mais la fenêtre en verre trempé qui m'offre une vue panoramique sur Sloane Square est solide.

Je devrais être heureux. J'ai eu toute une nuit pour assouvir mes fantasmes avec Kenzie. Évidemment, j'ai fait semblant d'être d'accord avec elle. Je ne veux pour rien au monde qu'elle sache à quel point je me sens coupable d'avoir fait ça. Et l'amitié est la suite logique et raisonnable de notre histoire.

Sauf que j'ai toujours voulu en avoir plus et que, maintenant, je sais avec certitude qu'une seule nuit avec Kenzie est loin de me suffire.

Je ne peux pas lui en vouloir de m'avoir proposé une relation platonique. Je suis l'ami de son mari. Bien sûr, elle est en droit de regretter ce que nous avons fait. D'autant que je l'ai aidée à prendre cette décision radicale en me fermant avec la brutalité d'un piège à souris.

Mon estomac se soulève tandis que la culpabilité me coupe le souffle.

Kenzie mérite mieux qu'un homme qui a des secrets. Un égoïste qui est la cause de tous ses soucis depuis trois ans, et qui est parti en la laissant se débrouiller, alors qu'il n'y avait personne pour l'aider. Elle est plus seule que jamais, aujourd'hui. Elle a donc besoin d'un ami, et l'amitié est la dernière chose que je puisse lui offrir.

Parce qu'un vrai ami doit être franc.

Je passe une main lasse sur mon visage aux traits tirés. Je me sens complètement défait. Je frappe les accoudoirs de mon fauteuil en grognant, puis me lève avec la grâce et le dynamisme d'un vieillard, lesté par mon impuissance.

Je peux le faire. Je peux être son ami.

Je suis capable de cacher ma culpabilité et de le faire pour Sam.

Je peux le faire pour Kenzie.

Je prends ma veste, mon téléphone et mes clés et me dirige vers l'ascenseur pour gagner le parking souterrain.

En passant au rez-de-chaussée, je scrute l'entrée du personnel qui mène à la cuisine.

Le domaine de Kenzie.

Ce soir, j'ai décidé de me cantonner aux tâches administratives pour rester à l'écart de la cuisine. Si Rod apprend que je suis lié à Kenzie, il risque de compromettre sa période d'essai pour le poste de second.

Dire que c'est moi qui suis à l'origine de cette

période d'essai ! Je savais bien, pourtant, que je finirais dans cette situation intenable...

Je m'attarde dans l'entrée en imaginant Kenzie au travail, ignorant les regards curieux du veilleur de nuit derrière son comptoir. Comment vit-elle les manières brusques de Rod ? A-t-elle participé à la réalisation du délicieux bœuf Wellington que j'ai fait monter dans mon bureau quatre heures plus tôt ?

Mon estomac gargouille à ce souvenir. La viande tendre et l'épaisse sauce au vin rouge et aux champignons ne sont plus qu'un lointain souvenir. Je n'ai pas pris de dessert, comme toujours. Mais il reste peut-être encore quelques délicieuses concoctions dans le réfrigérateur. Il est 2 heures du matin. Le restaurant est fermé depuis près de deux heures, mais je n'ai rien chez moi pour apaiser cette envie inhabituelle de sucré, la seule que je puisse assouvir. C'est comme si mon corps savait que je ne pourrai plus jamais goûter Kenzie, et qu'il me réclamait de compenser ce manque d'une manière ou d'une autre.

Bon sang ! Si, au lieu d'aller frapper à la porte de Kenzie et de la réveiller pour une autre nuit de sexe, j'ai envie d'une collation de minuit, je peux très bien m'en offrir une. Je courrai une heure de plus demain.

Une fois ma décision prise, je me dirige vers la cuisine. Tout ce que je vais y trouver aura un goût encore meilleur, maintenant que je sais que Kenzie a participé à sa réalisation.

Arrivé à l'entrée de la cuisine, je me fige. Les

lumières sont allumées et je perçois des mouvements à travers la porte vitrée.

Mon pouls s'accélère. Kenzie est encore là.

Elle me tourne le dos. Elle s'affaire. Elle paraît concentrée. J'oublie aussitôt qu'il est tard et que j'ai faim. Un seul coup d'œil sur elle et je me sens d'attaque pour courir le marathon de Londres.

Je pousse la porte et me ressaisis, de sorte que je parviens à cacher quatre-vingt-dix pour-cent du plaisir que j'éprouve.

— Tu es encore là à cette heure ? je demande en laissant la porte se fermer derrière moi.

Elle sursaute et fait volte-face, une main sur le cœur. Un glaçage de couleur verte coule de la poche à douille sur le plan de travail.

— Désolé, je ne voulais pas te faire peur…

— Tu m'as fait une sacrée peur !

Nous avons parlé en même temps, et ensemble nous éclatons de rire.

— Je vais étrangler Rod si c'est lui qui te fait travailler aussi dur.

L'envie brûlante d'aller la rejoindre pour l'embrasser affermit le ton de ma voix.

— Inutile de me regarder comme ça ! proteste Kenzie. Rod ne sait pas que je suis là.

Ses prunelles brillent sous les spots qui éclairent le plan de travail et le gâteau qu'elle est en train de réaliser.

— Et comment je te regarde ? je demande en me redressant sous son œil inquisiteur.

Elle pointe la poche à douille dans ma direction et semble se retenir de rire.

— Tu sais bien, avec ton regard effrayant de sergent-major.

Quelques mèches de cheveux échappées de sa queue-de-cheval viennent caresser ses joues roses. Une fine traînée de sucre glace orne son front. J'apprécie qu'elle se sente suffisamment à l'aise avec moi pour me taquiner.

— Je ne veux pas t'effrayer, dis-je pour me défendre.

Une forte chaleur irradie mon bas-ventre et je succombe au rugissement qui jaillit dans ma tête. J'ai oublié que nous ne sommes qu'amis.

J'ai sacrément envie d'elle.

Comme toujours.

Je veux cette femme sexy et intelligente, cette femme qui s'est longtemps battue pour améliorer ses conditions de vie et protéger sa sœur. Cette femme qui trempe ses biscuits dans son thé, essaie de cacher ses yeux embués lorsqu'elle se sent fière de Tilly, et qui prétend être Serpentard alors qu'elle est Poufsouffle.

Kenzie hausse les sourcils.

— N'empêche… Mais au fait, toi aussi, tu es encore là ! Tu as travaillé jusqu'à présent ?

— Malheureusement pour moi. C'est ma façon d'expier mes péchés.

Son coin de la cuisine ressemble à un champ de bataille. Des moules à gâteau remplissent l'évier, des bols pleins de glaçage de différentes couleurs jonchent le plan de travail et le sol est recouvert de farine.

— Tu n'as rien à expier, répond-elle en riant.

Mon sourire menace de s'évanouir.

Si elle savait…

Elle contemple le désordre qui règne, comme si elle venait de s'en apercevoir.

— Oh… Je vais tout nettoyer, ne t'en fais pas. J'ai presque terminé.

Elle revient vers le gâteau et décore d'une main experte la base de sa création haute de trois étages de petites rosettes en sucre.

— Dans dix minutes, tu seras débarrassé de moi, ajoute-t-elle en levant vers moi un regard inquiet.

— Cela m'est égal que tu travailles au noir, tant que tu ne t'épuises pas.

Fasciné, je m'avance pour contempler la précision et l'efficacité de ses gestes, puis le gâteau lui-même.

— Oh ! mais tu as réalisé Poudlard ! je m'écrie.

La pâtisserie est surmontée d'un château, avec des tourelles, des drapeaux, d'un terrain de quidditch et de tout le tremblement.

— Elle va adorer ! j'ajoute.

Bien entendu, Kenzie a confectionné ce gâteau pour l'anniversaire de sa sœur.

Elle sourit avec fierté, puis le fait tourner d'un geste théâtral.

— J'en suis sûr. Son anniversaire, c'est jeudi, et aujourd'hui je suis du soir. Je me suis dit que personne ne verrait d'inconvénients à ce que j'utilise la cuisine. Tu as vu la taille de mon appartement, ajoute-elle avec un sourire dépité.

Puis elle se concentre à nouveau sur son travail et serre la poche à douille plus fort. Elle a soudain l'air gêné.

— J'ai apporté tous les ingrédients, précise-t-elle. Je les ai achetés moi-même.

Manifestement, notre « amitié » – bon sang, je déteste ce mot – est encore trop récente. Elle croit que je vais aller vérifier les réserves du Faulkner.

— Mais tu peux très bien te servir de la cuisine du Faulkner pour confectionner le gâteau de Tilly, il n'y a pas de problème !

Elle sourit et rit en même temps, ce qui me donne envie de déposer du glaçage sur ses lèvres pour le lui enlever ensuite… Puis je me souviens de l'heure qu'il est. Je vois la fatigue dans ses yeux et le désordre dans l'évier.

— Mais travailler toute la nuit et traverser la ville toute seule à cette heure avancée mérite bien le regard effrayant d'un sergent-major, j'en ai peur, j'ajoute.

Je retire ma veste et remonte les manches de ma chemise.

Kenzie rit nerveusement.

— Que fais-tu ? demande-t-elle.

— Je t'aide, pour que tu puisses aller bientôt te coucher. Tu as dîné ?

Elle hausse les épaules, reprend la poche à douille. J'émets un grognement désapprobateur qui lui arrache un petit rire.

— J'avais prévu de grignoter quelque chose, mais nous avons eu quatre-vingt-seize couverts ce soir, se justifie-t-elle. Puis je me suis mise à cuisiner et… j'ai oublié.

— La dernière chose que tu as mangée, c'était la gaufre au poulet de ce matin ?

— Oui.

Elle s'écarte du gâteau et pose les mains sur ses hanches.

Je serre les poings pour ne pas la toucher, repousser les cheveux qui envahissent son visage, effacer la traînée de sucre glace qu'elle a sur le front, et la prendre contre moi jusqu'à ce que les émotions qui se bousculent en moi s'apaisent.

À la place, je me dirige vers le réfrigérateur, j'ouvre la porte d'un geste brusque et je regarde à l'intérieur.

— Termine ton gâteau tranquillement ! je lance d'un ton léger. Moi, je vais préparer quelque chose à manger et ensuite je ferai la vaisselle.

C'est ce que font les amis, non ? Ils veillent les uns sur les autres.

Et il n'est pas question de sexe entre eux…

Kenzie fait non de la tête, sans se laisser distraire de la décoration du gâteau.

— Ne sois donc pas ridicule, proteste-t-elle tout en travaillant. Je vais nettoyer moi-même et puis je rentrerai chez moi.

— Je suis ridicule ?

Je prends des œufs et des champignons dans le

réfrigérateur et m'empare d'une poêle suspendue en hauteur.

— Ce n'est pas moi qui n'ai rien mangé depuis le déjeuner.

Même fatiguée, elle trouve la force de me décocher un sourire insolent.

— Tu sais cuisiner ? demande-t-elle.

Elle fait tourner le gâteau de quelques millimètres, actionne la poche à douille, puis recommence.

Son ton provocateur me revigore. J'oublie la cuisine, la fatigue de Kenzie, sa respiration, et je la contemple comme si je la voyais pour la première fois. Quand elle est concentrée, elle touche sa lèvre supérieure du bout de la langue. Je la trouve adorable.

Je casse les œufs dans un bol pour éviter de lui retirer la poche à douille des mains et lui rappeler les nombreux avantages de notre « amitié », comme j'ai rêvé de le faire toute la journée.

— Je ne me débrouille pas trop mal, je réponds avec aplomb.

Certainement mieux que rien.

— Tu n'as pas l'habitude que quelqu'un te prépare un repas ? je demande.

Elle hausse les épaules.

— Tu as raison, ça n'arrive jamais.

Elle me regarde pendant que je bats les œufs.

— Merci, ajoute-t-elle.

Je me redresse encore de quelques centimètres.

— Tu n'as pas besoin de faire tout toute seule.

J'aimerais tant qu'elle me laisse prendre soin d'elle ! Bon sang, d'où me vient cette idée ? Kenzie n'est pas ma femme, pourquoi veillerais-je sur elle ? Elle ne le sera jamais.

Elle interrompt sa tâche et me regarde en fronçant les sourcils.

— Cela fait si longtemps que je fonctionne comme cela, seule avec Tilly...

Elle hausse les épaules.

— Il est plus simple de ne pas compter sur les autres, conclut-elle.

Surtout quand ces « autres » l'ont abandonnée et blessée ?

Elle se détourne et j'avale ma salive. Elle ne le sait pas encore, mais je figure sur la liste de ces personnes. Je l'ai abandonnée de la pire des manières. Sam et moi sommes partis au bout du monde, dans un pays déchiré par la guerre, et je suis revenu seul...

Cette fois, j'ai complètement perdu l'appétit. Je me concentre donc sur l'en-cas de Kenzie. Mes champignons sont coupés tellement gros qu'ils pourraient être en carton mais, au moins, mes doigts sont restés intacts. Il faut que je me ressaisisse.

Continuer à désirer Kenzie comme ça, c'est de l'égoïsme pur.

Si seulement j'avais pu rester fort ! Décliner sa proposition ! Mais, maintenant que j'ai goûté à elle, je suis perdu.

Elle gémit en étirant les muscles de son dos. Je grince des dents et mets les champignons à cuire dans la poêle. En sentant des projections d'huile chaude sur le dos de ma main, je me souviens de ce qui est en jeu.

Kenzie pose la poche à douille, enlève sa toque et ajuste ses cheveux.

— Voilà, j'ai terminé.

Je prends quelques secondes pour admirer son fessier moulé dans le pantalon blanc maculé de chocolat, puis je détourne le regard et verse les œufs battus dans la poêle chaude.

— Parfait. Viens t'asseoir !

Je tire un tabouret vers le plan de travail. Les choses ne sont pas en ordre. Je me comporte comme son ami, alors que je n'en ai pas le droit. Kenzie est une femme ouverte, attentionnée et en quête de compagnie. Je suis un livre fermé, j'ai des secrets pour elle et je la convoite.

Elle s'approche et regarde mon omelette.

— Ça sent délicieusement bon. Je ne m'étais pas rendu compte que j'étais affamée. Merci.

Je me fige. Elle est trop près de moi, trop tentante. Elle s'approche encore et tend la main vers moi.

— Tu as quelque chose sur le visage, dit-elle en effleurant ma joue.

Puis elle recule avec un sourire satisfait.

— Les cuisines sont des lieux où on se salit, ajoute-t-elle.

Elle me montre son tablier pour preuve.

— Merci, dis-je en essayant de respirer normalement.

Adossée au plan de travail, elle me regarde terminer, légèrement moqueuse.

— Si je comprends bien, tu sais utiliser un tournevis, tu es Gryffondor, tu connais les règles du quidditch et tu sais cuisiner.

Serait-elle en train de flirter avec moi ? Je lui souris faiblement. Elle me contemple comme si elle réclamait une séance de préliminaires verbaux qui culminerait par un round ou deux de sexe de haut vol, ici même, sur un tabouret métallique. Mais elle a les yeux rouges, le teint pâle, et elle est certainement sur le point de s'effondrer de fatigue.

De plus, je n'ai rien d'un héros.

— J'ai quelques compétences, c'est vrai.

La poêle qui grésille brise un peu la tension qui règne dans l'air, et l'huile éclabousse ma chemise.

— Tu devrais me laisser faire, déclare Kenzie. Il vaut mieux éviter les taches d'huile sur ton pantalon de costume.

Je sens son regard glisser sur mon corps, jusqu'à mes pieds.

Au diable mon costume !

— Je suis résistant, je réplique. Tu ne sais pas ce que c'est de manger du pâté sous vide au milieu de nulle part.

Elle fronce les sourcils.

— Non, mais je te crois sur parole.

Je fais glisser les œufs sur une assiette et j'ajoute un tour de moulin de poivre d'un geste théâtral. Je dissimule mon malaise en me montrant un peu trop autoritaire.

— Maintenant, tu vas manger cette omelette médiocre, puis tu vas rentrer chez toi, prendre un bain et défaire tous ces nœuds en y restant longtemps.

Non. Je ne dois surtout pas l'imaginer nue, avec l'eau qui enveloppe son corps superbe. Grâce à Dieu, elle ne peut pas suivre les méandres de mes pensées, qui sont très loin d'être amicales.

Elle lève les yeux au ciel et cache un bâillement derrière sa main.

— Ce programme me paraît formidable, déclare-t-elle en s'emparant d'une fourchette. Mais je devrai me contenter d'une douche. Ma salle de bains est trop petite pour une baignoire.

Elle prend une bouchée d'omelette et gémit de plaisir.

— Chez moi, il y a une baignoire, dis-je, nous surprenant tous les deux. Et en plus j'habite juste à côté. Tu pourras prendre un bain et dormir dans la chambre d'amis.

Au diable les bonnes résolutions !

Elle lève les yeux vers moi et je la vois déglutir.

Pourvu qu'elle dise non !

Pourvu qu'elle dise oui !

Pour m'occuper, je débarrasse le plan de travail et j'essuie la poêle. Pourquoi ai-je le don de m'exposer ainsi à la tentation ?

Lorsque je me retourne vers elle, je m'aperçois qu'elle me regarde pensivement. Très vite, elle dissimule son indécision derrière un sourire.

— Ça me convient... À condition que cela ne te dérange pas.

Je hausse les épaules comme si cela m'était égal,

tandis que mon cœur tambourine dans ma poitrine. Kenzie va venir chez moi. Elle va se plonger dans ma baignoire.

Et dormir dans la chambre d'amis.

Je me répète mon vieux mantra : je dois la garder loin de mes mains, de mes yeux et de mes pensées lubriques.

Elle cache un autre bâillement.

— Pardonne-moi, dit-elle. Je dois être de retour ici dans cinq heures.

— Marché conclu, alors !

Pendant qu'elle termine son omelette et que ses petits gémissements de plaisir font frémir mon sexe, j'enfile des gants en caoutchouc et entreprends de laver les bols et les moules à gâteau qui s'empilent dans l'évier.

— Comment comptais-tu ramener ça chez toi ?

Je désigne le gâteau, qui mesure au moins trente centimètres de hauteur. Ça ne sera pas simple à transporter dans le métro.

— Je n'y ai pas encore réfléchi. En taxi, sans doute.

Elle hausse les épaules et boit une gorgée de vin. Je frotte le moule à gâteau, mais cette occupation ne me distrait en rien de sa présence et des légers sons qu'elle produit en savourant son repas.

— Je n'ai pas eu le temps de confectionner un gâteau d'anniversaire à Tilly cette année, et comme elle commence à être un peu grande…

— On n'est jamais trop grand pour manger un gâteau d'anniversaire !

Elle pointe vers moi sa fourchette.

— C'est vrai. Quoi qu'il en soit, j'en fais pour Tilly depuis des années. Depuis que papa et maman sont morts, en fait. C'est une tradition familiale que ma mère a lancée et que j'ai conservée. Et, la tradition, c'est la tradition…

— C'est une belle tradition.

Kenzie acquiesce, se détourne, mais j'ai eu le temps de voir ses yeux embués.

— J'essaie d'entretenir ces rituels familiaux pour Tilly, précise-t-elle. Les anniversaires, Noël. Mes parents en faisaient toujours des événements importants.

Je lui tourne le dos avec l'impression d'être un intrus dans son intimité, même si chaque parcelle de mon corps brûle de lui apporter du réconfort.

— Je ferai livrer le gâteau demain chez toi.

Elle commence à protester mais je lève la main pour la faire taire.

— Laisse-moi faire quelque chose pour toi et te rendre ce… tout petit service.

Prendre soin d'elle.

Je m'approche d'elle, la gorge serrée, et les paroles qui franchissent mes lèvres nous surprennent tous les deux.

— Laisse-moi tenir ma promesse.

Je veux essayer d'être son ami, de compenser les épreuves qu'elle a traversées à cause de moi.

— S'il te plaît…, j'implore dans un murmure.

Ma gorge se serre, parce que non seulement je suis le pire ami qu'on puisse imaginer sur cette terre, mais mes intentions vis-à-vis de cette superbe femme sont moins qu'honorables.

Elle acquiesce en ouvrant grand les yeux.

Cette victoire me trouble tellement qu'une sourde douleur envahit ma poitrine.

Je savais que Kenzie finirait par me tuer...

En invitant Kenzie chez moi, j'ai l'impression d'avoir été enfermé dans un donjon pendant une éternité et condamné à recevoir des coups de fouet, car j'imagine à quel point ma vie aurait été différente si je lui avais fait moi-même la cour, au lieu de me mettre en retrait pour Sam.

C'est moi qui l'ai vue le premier, dès que nous sommes entrés dans ce club. Elle était au bar avec des amies. Il était impossible d'ignorer son visage bouleversant et son rire contagieux. Quand j'ai observé sa main pour voir si elle portait une alliance, Sam l'avait vue, lui aussi. Puis elle s'est tournée vers nous et a croisé le regard de Sam, pour se détourner aussitôt. Jamais je n'aurais dû accepter son pari, jamais je n'aurais dû jouer mon destin sur une pièce de monnaie lancée en l'air.

Kenzie est si fatiguée que je lui montre tout de suite la chambre d'amis. Chaque pas à côté d'elle est une torture. Je tire les couvertures du lit et remercie en silence Fiona, ma femme de ménage, de tenir impeccablement la maison. Je surprends Kenzie en train de lorgner avec envie vers l'immense baignoire de la salle de bains attenante. Je m'y rends aussitôt pour ouvrir les robinets puis verser la moitié d'un flacon de gel moussant dans l'eau déjà fumante.

— Tu trouveras des serviettes propres sur le sèche-serviettes et une brosse à dents neuve dans le tiroir.

Kenzie hoche la tête et me sourit comme si je venais de lui offrir un ticket de loterie gagnant. Elle ôte ses chaussures et son manteau.

Je suis encore là, à baver en espérant qu'elle m'invite à venir la rejoindre dans son bain, dans son lit… Mais je m'efforce de faire taire mon corps et me détourne du renflement de ses seins que je devine sous son T-shirt blanc.

— Eh bien… Bonne nuit, dis-je en gagnant la porte et en me raclant la gorge. Je dois être au bureau de bonne heure demain matin, moi aussi. Je te déposerai.

Kenzie me sourit faiblement.

— Ce n'est pas la peine.

— J'y vais, de toute façon.

C'est un mensonge. Qui va au bureau à 7 heures du matin un dimanche ?

Elle acquiesce. Ses paupières sont lourdes… J'essaie de me convaincre que c'est à cause de la fatigue et non du désir que j'espère y lire.

— Merci, Drake.

Je suis dans ma salle de bains, en train de me brosser les dents, quand j'aperçois, en levant les yeux vers le miroir, une traînée de glaçage vert vif qu'elle a dû déposer sur ma joue au Faulkner. Ainsi, elle a réussi à me parler toute la soirée en gardant son sérieux ! J'éclate de rire, ce qui apaise un peu ma tension, mais celle-ci est vite remplacée par une profonde douleur.

Cette femme est incroyable. Je jette un coup d'œil vers la porte fermée de sa chambre, tous les muscles bandés par le désir d'aller la rejoindre.

Je me calme très vite et pose ma brosse à dents d'un air dégoûté.

Les jets d'eau chaude de la douche ne contribuent en rien à apaiser ma nervosité. Comment vais-je pouvoir dormir, sachant que la femme que je désire le plus au monde se trouve de l'autre côté du couloir ? Sachant à quel point il est agréable de se rendre en territoire interdit ?

Il est trois heures et quart quand ma tête se pose sur l'oreiller. Les draps frais me font l'effet d'un baume sur ma peau nue et fiévreuse. Je dors toujours nu.

Ma dernière pensée, plus qu'improbable, de voir arriver Kenzie dans ma chambre est désespérée.

J'ai l'impression de dormir depuis cinq minutes quand je sens quelqu'un qui me réveille. Mon cœur bat la chamade. La réalité et le sommeil se mélangent. Je revois Sam courir devant moi, hors de portée. Je lui tends la main. Il est si près de moi que je vois la trame de sa tenue de combat. Puis l'image s'estompe comme la fumée âcre qui remplit mes poumons.

Je remets les pieds sur terre. La pièce est sombre mais je perçois distinctement la silhouette de Kenzie.

Je reconnais ses grands yeux éclairés par le trait de lumière qui filtre dans le couloir.

— Tu vas bien ? murmure-t-elle en lâchant mon bras.

Je me redresse, me passe la main sur le visage. Mon sang rugit dans ma tête, aussi assourdissant que l'explosion qui a emporté Sam.

— Je vais bien, dis-je en me raclant la gorge. Que s'est-il passé ?

— Tu as fait un cauchemar, explique Kenzie. Tu as crié dans ton sommeil. Désolée. J'ai cru bon de te réveiller.

Bon sang, c'est la deuxième fois cette semaine.

Elle se frotte les bras. Elle porte son T-shirt et une culotte. Sa peau nue est hérissée de frissons.

La chambre est fraîche. L'aube est toute proche. Je m'empare du jeté de lit et en entoure ses épaules, tout en essayant de remettre de l'ordre dans ma tête.

Kenzie serre la couverture sur sa poitrine.

— Ton cauchemar avait l'air très effrayant, ajoute-t-elle.

Je soupire et allume la lampe.

— Ça va. En fait, je n'en fais plus aussi souvent qu'avant.

Mais le sujet est toujours le même : Sam. Je cours après lui et je le vois exploser, tout en sachant que cela aurait dû être moi, avec l'inéluctabilité prévisible d'une collision à haute vitesse.

— Tu as rêvé de Sam ?

Elle m'effleure le bras, et sa caresse est à la fois une torture et une rédemption.

J'étouffe un grognement.

— Ne fais pas ça.

Elle retire vivement sa main et j'intercepte ses doigts.

— Je ne mérite pas ton réconfort, dis-je en les serrant.

Quoique je sois prêt à l'accepter, si c'est tout ce que je peux avoir d'elle...

— Que veux-tu dire ? demande-t-elle, les yeux agrandis par l'inquiétude.

Je m'éloigne du bord du précipice.

— Rien.

Je serre plus fort ses doigts, l'implorant en silence de ne pas insister. Pas maintenant. Pas alors que je suis nu, et qu'elle pourrait l'être, elle aussi. Ni quand les vestiges de mon cauchemar persistent et m'entraînent dans l'abîme familier de la culpabilité.

— Tu ne veux pas en parler ? murmure-t-elle, comme si elle s'adressait à un animal effrayé.

Mais la seule chose qui m'effraye, moi, c'est de ne pas réussir à contrôler les sentiments que j'éprouve pour cette femme.

Je secoue la tête et presse encore ses doigts.

— Je vais bien. Je suis désolé de t'avoir réveillé.

Il est temps qu'elle sorte de cette pièce.

— Tu ne m'as pas réveillée, déclare-t-elle.

Elle baisse les yeux vers nos mains enlacées.

— Je n'arrivais pas à dormir, explique-t-elle.

Mon pouls s'emballe, et ce n'est plus à cause de mon cauchemar.

— Tu devrais retourner te coucher.

Maintenant. Avant que je commette un acte stupide.

— Il fait froid, j'ajoute.

Elle acquiesce, mais se contente d'appuyer ses doigts chauds sur le dos de ma main.

Je suis piégé par ma nudité et l'érection qui s'est manifestée dès que mon corps a senti la présence de Kenzie. Et par le fait que j'ai très envie de la toucher.

Suis-je assez fort pour résister ?

— Merci pour aujourd'hui, dit-elle en me regardant par-dessous ses cils.

— Pourquoi ? je demande d'une voix râpeuse.

Je prie pour qu'elle s'approche et m'embrasse de nouveau. Pour qu'elle m'invite à lui faire encore l'amour.

— Pour tout.

Elle me sourit et mon cœur s'accélère.

— De nous avoir aidées, Tilly et moi, pour le brunch, pour la vaisselle, pour cette omelette que tu m'as préparée et pour le bain que tu m'as fait couler.

Elle cherche mon regard et un léger soupir glisse entre ses lèvres. C'est comme si elle voulait en dire plus mais qu'elle se retenait.

— Je t'en prie.

Ma voix se brise. Si elle ne s'en va pas très vite, je risque de faire des choses que nous regretterons tous les deux. Des choses impardonnables, étant donné qu'elle a clairement exposé sa position aujourd'hui.

Bon sang, pourquoi n'ai-je pas mis un pantalon de survêtement pour dormir ? Au moins, j'aurais pu descendre du lit, lui préparer un verre de lait chaud et la renvoyer dans la chambre d'amis, hors de ma portée.

Je lorgne vers la porte. Un rai de lumière filtre du couloir.

— J'aimerais te ramener dans ta chambre mais… je suis nu sous les couvertures.

Elle hausse les sourcils et écarte les lèvres.

— Ah bon ?

Je hausse les épaules. Ai-je imaginé cette étincelle dans ses prunelles ? Je dois être encore en train de rêver et je m'invente des histoires, parce que tout est terminé entre nous, pas vrai ? Nous sommes amis, a-t-elle dit.

Elle soutient mon regard. Bercés par le rythme de nos respirations, nous nous contemplons l'un l'autre.

Et j'attends. J'ignore quoi, mais j'ai envie de rompre le charme autant que de courir nu dans les rues sombres de Chelsea.

— Tu as des regrets ? demande-t-elle à voix basse.

Si je n'étais pas aussi fasciné par ses lèvres, je n'aurais pas entendu sa question.

Mon pouls bat douloureusement dans ma tête.

— Des regrets pour quoi ?

Je suis envahi par le désir qu'elle m'inspire, un désir si fort que je sens presque le goût de ses lèvres.

Ses épaules montent et descendent rapidement. Son souffle est court. Sa langue rose vient humidifier ses lèvres. Sa réponse est aussi douce qu'un murmure, comme si elle redoutait que, si elle parle trop fort, ce qu'elle dit puisse devenir vrai.

— Pour ce que nous avons fait.

Mon cœur s'arrête. Si j'ai des regrets... ? Je l'ai rejoué un million de fois dans ma tête. J'ai revécu chacune de ces incroyables secondes jusqu'à m'enivrer de leur justesse. Je secoue la tête, la bouche pâteuse.

— Non, pas du tout. Je ne regrette pas ce que nous avons fait...

Je passe la main dans mes cheveux, à moitié tenté de dire tout haut ce que j'ai dans la tête.

— ... Mais je n'ai pas envie de te faire du mal, je conclus.

Du moins, pas encore plus que je n'en ai déjà fait.

— Tu as traversé suffisamment d'épreuves, j'ajoute encore. Et puis... je lui ai fait une promesse...

Son regard triste se teinte d'un voile sensuel, lourd de désir. On dirait qu'elle cherche la confirmation que je suis prêt à recommencer en une fraction de seconde. Mais il ne peut en être ainsi. Nous avons convenu le matin même que... Il y a seulement treize heures, dix minutes et quarante-trois secondes.

Je ne parviens pas à la lâcher des yeux, même si c'est ce que je devrais faire. Il faudrait que je lui demande de retourner se coucher, mais, en cet instant, je préférerais me couper la langue que de suggérer une chose pareille.

Elle reprend la parole d'une voix entrecoupée, mais sur un ton ferme qui témoigne de sa sincérité. De ses certitudes. De son désir.

— Tu peux tenir la promesse que tu lui as faite,

à lui… Mais ne me fais pas, à moi, de promesses que tu ne pourras pas tenir, Drake.

Entendre mon prénom sur ses lèvres, prononcé d'une voix rauque dans un soupir haché, me frappe en pleine poitrine, fait chanter dans mes veines le sang qui se concentre dans mes reins. Comment fait-elle pour me connaître aussi bien, mieux que moi-même ? Parce qu'en cet instant, alors que son parfum m'enivre et que ses yeux sont plantés dans les miens, je serais incapable de jurer sur la vie de mes frères où va nous mener, et *me* mener, cette situation.

Kenzie est la tentation personnifiée.

Mais je suis fort. Je suis entraîné à l'abstinence et à l'inconfort.

Le mantra sur notre amitié résonne dans ma tête.

— Tu voulais que nous soyons amis, et je tiens ma promesse, je réponds.

Ces paroles me déchirent la gorge. La main de Kenzie est toujours dans la mienne. Un mouvement brusque en avant, une chute, et elle serait sous moi. Là où je veux qu'elle soit, sa bouche sur la mienne, sa chaleur humide autour de mon sexe, tandis que je nous emmène tous les deux vers l'oubli, que j'efface le souvenir qu'elle a appartenu à un autre homme que moi.

Son regard brille d'émotions. Je dois être en train de rêver.

— Ne le fais pas, souffle-t-elle.

Quatre mots, lourds de signification.

Il ne m'en faut pas plus pour me sentir perdu.

Elle fait glisser la couverture de ses épaules et je l'attire aussitôt contre moi d'un seul mouvement, comme je l'ai imaginé. Un mouvement d'une telle perfection qu'il résonne comme une fanfare dans ma tête. Je pose mes lèvres sur les siennes, je passe une main sous son T-shirt, qui glisse sur son ventre lisse vers ses seins, et je succombe à mon désir. Ma faiblesse vient d'annihiler toutes mes bonnes résolutions, elle a eu raison de mes velléités d'amitié, de ma discipline de soldat. L'homme que je suis n'a pas de parole.

8

Kenzie

Comme lors de notre première fois, ses caresses font frissonner tout mon corps. Je halète contre ses lèvres tandis qu'il fait rouler la pointe de mon sein entre ses doigts en exerçant une pression si parfaite qu'elle me coupe le souffle. Son sexe raide frotte contre ma jambe et j'écarte les cuisses. Puis, d'un mouvement de hanche, je l'oriente vers le point le plus sensible de mon sexe.

— Drake...

Il absorbe mon cri avant de coller son bassin contre le mien pour reproduire la délicieuse friction dont j'ai envie.

— Dis encore mon nom...

Son regard est brillant et le ton impérieux indique qu'il est sur le point d'exploser.

Il se frotte, ondule les hanches, se retire.

En appui sur les coudes, il me regarde, et j'ai envie de chanter son nom jusqu'à ne plus avoir de voix.

— Drake... Drake...

Je brûle d'ôter mon slip. Je voudrais sentir la pointe

de son sexe sur mes lèvres humides, je veux qu'elle vienne titiller mon point le plus sensible à chaque passage. Je me mords les lèvres pour m'empêcher d'exprimer mes désirs, dont la férocité risque de l'effrayer.

Comment pourrais-je n'aspirer qu'à son amitié ? Comment croire qu'une seule fois avec lui pourrait mettre un terme à mon désir pour lui ?

Sa bouche réduit mes pensées au silence, sa langue va à la rencontre de la mienne tandis qu'un grognement vibre au fond de sa gorge. Sa main s'égare sous mon T-shirt. Je me tortille pour retirer celui-ci et le jette par terre, interrompant notre baiser aussi enivrant qu'une drogue.

Je glisse alors la main sur le torse de Drake, puis sur ses épaules musclées, dans ses cheveux, tandis qu'il se frotte contre moi. Il halète et son regard planté dans le mien brille d'un désir encore plus grand que la veille.

Qu'importe ce que nous nous sommes dit. Ce n'est pas terminé, ni pour lui ni pour moi.

Sa peau me brûle. Son corps est solide, il m'enveloppe et m'engloutit de la meilleure des façons. Drake m'enlace et m'entoure physiquement, comme il l'a fait toute la journée avec ses actes, ses mots d'encouragement et sa prévenance.

— Dis-moi que c'est ce que tu veux, m'ordonne-t-il comme s'il était aussi près que moi de perdre le contrôle.

Se peut-il que ce soit encore meilleur que la

première fois ? Et comment cette fièvre pourrait-elle se tarir un jour ?

Je hoche la tête, trop enivrée par le plaisir pour parler, puis je réussis à rassembler assez d'énergie pour répondre :

— Oh ! oui ! Seigneur, oui…

Je laisse parler crûment mon désir. Profiter de cet instant avec Drake me paraît aussi important que saisir ma chance pour le travail de mes rêves. Et même plus important encore, parce qu'avec Drake je me sens puissante, compétente et forte.

Mais je fais taire ces pensées et tente de me persuader que je suis capable de profiter de l'instant présent, et de contrôler l'ouragan qu'il a réveillé en moi. De me dire que je n'aspire à rien d'autre de sa part qu'à du plaisir.

Parce que, si je veux autre chose, je vais souffrir.

Parce que, si je veux davantage, je risque d'être déçue.

Drake se penche au-dessus de moi et ouvre le tiroir de la table de nuit. Je me laisse distraire par son torse superbe, que je n'ai pas eu le temps d'explorer comme je le voulais la dernière fois.

Maintenant, même si mon corps se languit de lui, même si je me sens vide et que ma culotte est trempée, je trouve la force de soulever la tête pour passer les lèvres sur sa peau brûlante. Il se met aussitôt hors de ma portée, mais je l'enlace avant de m'emparer de son téton, puis de descendre le long de ses côtes.

Il roule sur le côté et je suis son mouvement. Je l'enjambe et lui prends le préservatif des mains.

— Pas si vite, lui dis-je.

Il prend alors mes seins en coupe et ondule inlassablement des hanches sous moi, tandis que je descends encore plus bas en suivant la ligne sombre de duvet qui conduit à son sexe fièrement dressé.

— Kenzie... Kenz...

J'ignore l'avertissement dans sa voix et ferme mes lèvres autour de son sexe épais, avant de l'aspirer et de le sucer en même temps.

— Tu me rends fou...

Ses doigts se perdent dans mes cheveux et ses hanches se soulèvent pour venir à ma rencontre. Je sens ses cuisses dures sous moi, et ses mains sont si grandes qu'elles encerclent presque tout mon visage.

Un sentiment de triomphe déferle sur moi. Je lève les yeux et son regard m'excite encore plus que ces cinq dernières minutes de baisers enfiévrés.

Il a les lèvres entrouvertes et respire avec peine. Ses paupières sont lourdes et son regard est rivé sur l'endroit où son sexe disparaît dans ma bouche. Je l'accueille encore plus loin et il serre les dents. Ses abdominaux puissants se contractent et je l'aspire plus fort encore.

Même perdu dans son plaisir, Drake n'a de cesse de me toucher. Il passe une main sur mon épaule, sur mon sein, caresse mes lèvres serrées autour de lui, comme s'il était fasciné par cette vision.

Cet homme au corps parfait a envie de moi.

Malgré ses réserves et son sens de l'honneur, il ne peut pas s'en empêcher. Mon sexe se contracte, vide, et une nouvelle vague de désir me submerge. Puis Drake pousse un cri guttural et m'oblige à me redresser avant de rouler sur moi de nouveau.

— J'ai besoin d'être en toi, halète-t-il.

— Oui, vite…

Je me débarrasse enfin de mon slip.

Il enfile le préservatif en une seconde puis il m'oblige à plier les genoux et me pénètre en guidant son sexe d'une main. Nous gémissons ensemble tandis que nos souffles s'entremêlent. Drake ferme les yeux et les rouvre d'un coup en fondant sur ma poitrine. Ses lèvres chaudes et possessives couvrent mon sein. Je pousse un cri et mes muscles se contractent de plaisir.

Il me pénètre profondément, puis se retire un peu, en me regardant droit dans les yeux. Il roule les hanches et gagne un délicieux centimètre. Puis il s'immobilise.

Nous respirons à l'unisson.

Nous nous faisons face, unis, aussi ouverts et physiquement vulnérables que deux personnes peuvent l'être.

Aucun de nous ne parle.

Je retiens mon souffle, perdue par la nouveauté qu'il représente, par son regard, sa force, la façon dont il me possède, perdue devant toutes les possibilités qui s'offrent à moi. Parce que je découvre maintenant qui est Drake Faulkner. Et plus je le connais, plus j'ai envie d'en savoir davantage sur lui.

Lentement, sans bouger les hanches, il se redresse sur un bras et, de son autre main, suit d'un geste presque révérencieux ma joue, mon cou, s'attarde sur mon sein et passe sur mon ventre jusqu'aux hanches. Je ne respire plus. J'ai l'impression qu'il me revendique. Qu'il me marque.

Ce sentiment est dangereux.

Il me soulève les jambes et passe ma cuisse sur sa hanche. Ses abdominaux se contractent et je sens une légère friction.

C'est si bon que j'ai envie de pleurer.

Une fois que je suis positionnée comme il le veut, il enlace mes doigts et plaque mes mains de chaque côté de ma tête.

— Bon sang, si j'avais su que ce serait si bon…, dit-il entre ses dents serrées.

Mon cerveau embrumé par le désir se brouille. Qu'a-t-il voulu dire ?

Puis il commence à bouger avec entrain et je tremble, trop submergée par le plaisir pour disséquer ses paroles.

— Ne t'arrête pas…

Je me fiche de le supplier. Je me fiche de savoir que je ne devrais pas être comme ça avec lui. Je me fiche de trahir nos relations passées et de mettre en péril mon avenir en brouillant les limites. Tout ce qui m'importe, c'est ce que je sens avec lui.

C'est comme si je revivais. Comme si j'étais entière, et libérée.

Ses mouvements lents ressemblent à une torture. Il s'enfonce profondément en moi et me donne envie de fermer les yeux. Toutefois, je ne veux rien perdre de ce regard presque révérencieux qui me fixe. Je suis incapable de m'en détacher.

— Embrasse-moi, Drake.

Ses prunelles pleines de convoitise lancent des flammes.

— Demande-le-moi encore, commande-t-il entre ses dents serrées.

Je comprends que m'entendre prononcer son prénom lui fait beaucoup d'effet. Je vais le dire encore et encore, jusqu'à ce que je réussisse à percer sa carapace et que je puisse lire en lui. Jusqu'à ce qu'il libère tout ce qu'il retient.

— Embrasse-moi, Drake. Embrasse-moi et ne t'arrête pas.

Jamais.

Il grogne, les traits déformés par ce qui ressemble à de la douleur, puis il prend mon visage en coupe et m'attire vers lui avec fougue pour m'embrasser. Ses coups de reins féroces nous font vivre un enfer. Je rêve de l'attirer vers moi pour sentir son poids m'écraser sur le matelas, chaque parcelle de sa peau contre la mienne. J'agrippe ses mains, nos doigts s'entremêlent et nous lient d'une façon que je ne pourrais pas briser, même si je le voulais.

Je m'écarte de ses baisers voraces pour respirer. Son regard est tourmenté, comme après un cauchemar, mais il est animé d'un feu rageur. Il me montre tout ce qu'il retient et à quel point je m'étais trompée en pensant que nous pourrions nous passer de lien physique.

Je savais qu'il serait un amant attentif, mais, s'il a soumis toutes les autres femmes qu'il a connues à une intimité aussi intense, il doit y avoir des files d'attente de cœurs brisés devant le Faulkner.

Un aiguillon de douleur interrompt mon plaisir.

— Kenzie… Je ne vais pas pouvoir me retenir plus longtemps…

Son front est couvert d'une fine pellicule de sueur, ses narines sont dilatées et il continue à dispenser ses coups de reins.

Je secoue la tête et me redresse pour embrasser sa superbe bouche, chassant mes démons et cherchant le retour de la vague d'extase immense qui m'envahit.

— Ne t'inquiète pas pour moi…, je murmure contre ses lèvres.

J'ai envie d'assister au spectacle de sa jouissance. Il m'a tant donné la première fois, et j'ai laissé ma jalousie sans fondement d'une hypothétique femme s'infiltrer dans mon esprit.

— Pas question !

Il se retire et je pousse un cri. Mais je n'ai pas le temps de me lamenter car il m'installe à quatre pattes, me pénètre, puis passe un bras autour de ma taille et me redresse, de sorte que mon dos se retrouve collé à son torse moite.

— Accroche-toi au cadre du lit, ordonne-t-il tout contre mon cou.

Sa barbe naissante déclenche sur ma peau une série de délicieux frissons.

J'obéis. En quelque sorte. Poussée par l'envie de

le toucher, je me retiens d'une main et passe l'autre au-dessus de mon épaule pour égarer mes doigts dans ses cheveux. Dès qu'il ne supporte plus mon poids, il glisse une main entre mes cuisses et caresse mon point le plus sensible.

Ma tête roule en arrière sur son épaule, et il m'embrasse dans le cou, tandis que ses mains s'affairent sur mon sexe et qu'il me pénètre par-derrière.

— Drake...

Je suis en train de perdre pied. Je suis trop excitée pour prendre la moindre initiative, mais je m'agrippe fortement à lui et j'accepte de me laisser emporter lorsque la vague se présente.

Les coups de reins de Drake sont impitoyables et son souffle est profond et haché, tandis qu'il m'entraîne avec lui au bord de l'abîme.

Son grognement résonne dans mon oreille chaque fois qu'il me pénètre et ses paroles sont aussi incendiaires.

— Je n'ai pas envie d'être ton ami, McKenzie.

Je tourne la tête pour essayer de capturer ses lèvres. Ses doigts glissent sur mon sexe et la manière si possessive qu'il a de prononcer mon nom m'arrache un miaulement étranglé.

— Parfait.

Je crie, passe les doigts dans ses cheveux et m'agrippe.

Ses coups de reins gagnent en puissance et me font rebondir sur son genou.

— Voilà ce que je veux de toi.

Son bras quitte ma taille et joue avec mon sein. Je ne suis plus qu'un corps qui se tortille de plaisir, stimulé de tous côtés...

— Aussi longtemps que tu auras besoin de moi. Aussi longtemps que tu m'accepteras en toi. Voilà ce que je veux.

Je m'étire pour atteindre sa bouche, mais lorsqu'il me tend sa langue j'aperçois la férocité de son désir du coin de l'œil.

Son désir pour moi.

Ce sentiment jaillit et remplit toutes les parties de mon être qui étaient vides.

J'éloigne ma bouche lorsque l'orgasme me terrasse.

— Oui... C'est ce que je veux, moi aussi...

Mais je ne sais pas si j'ai dit ces mots. En fait, je ne suis plus en mesure de parler parce que je jouis, et j'ignore comment il parvient à me tenir dans cette position. Il grogne dans mon dos, s'agrippe à ma hanche, s'arc-boute une dernière fois et me suit de l'autre côté de ce nouveau territoire.

9

Drake

Je la trouve dans le salon. La panique qui m'a envahi prouve que je suis un peu trop impliqué dans cette relation. Quand j'ai découvert que Kenzie n'était plus dans mon lit, j'ai bondi et j'ai enfilé le premier pantalon de survêtement venu.

Elle porte l'une de mes chemises, dont elle a roulé les manches jusqu'aux coudes et dont le bas frôle ses cuisses. Exactement comme je l'ai imaginé, mais en mieux. Parce que c'est réel. *Elle* est réelle.

Ses hanches se balancent au rythme de la musique qu'elle a mise tandis qu'elle évolue dans mon espace. Elle suit de la main les tranches des livres de la bibliothèque. Je la regarde, appuyé au chambranle de la porte. Autant être bien installé pour profiter de ce spectacle des plus sensuels.

Je n'interromprai pas sa curiosité. Après la nuit que nous venons de passer, ma déclaration est encore fraîche dans ma tête, et trouver le lit vide a mis mes émotions encore plus à vif.

Mais, maintenant que nous avons écarté la

question de l'amitié, nous pouvons nous concentrer sur le sexe.

Je prends une inspiration et mon sourire s'épanouit. L'idée d'avoir une chance, même si je sais que ce ne sera que provisoire, et purement physique, avec cette femme incroyable efface en une seconde toutes ces années de déni. Elle est à portée de main et je n'ai pas l'intention de réclamer de nouveau son amitié. Tant pis si je n'obtiens rien d'autre que de merveilleux moments de sexe.

Kenzie s'immobilise. Manifestement, elle vient de remarquer quelque chose. Mon cœur se serre. Je devine de quoi il s'agit.

La photo de Sam et moi.

J'ai un mouvement réflexe pour la saisir avant elle.

Trop tard.

Elle a le cadre dans les mains.

Mon sourire s'évanouit et mon bonheur s'envole. Le passé ne s'effacera jamais. Nous ne pourrons pas être simplement nous-mêmes – Kenzie et Drake. Ce rêve-là aurait pu exister dans le mince laps de temps entre le moment où j'ai aperçu Kenzie dans le bar et celui où elle a vu Sam.

Les semblants de progrès que nous avons faits la veille sont réduits à néant.

— C'était après l'entraînement, dis-je.

Kenzie fait volte-face, la photo à la main.

— Nous venions de finir péniblement un footing de dix kilomètres.

Nous nous étions rapprochés autour de notre manque de condition physique.

Sam était un excellent camarade et un soldat encore meilleur.

Serait-il encore le mari de Kenzie s'il avait vécu ? Lui aurait-elle pardonné ?

Je la vois rougir. Est-ce parce que je l'ai surprise en train de fureter chez moi ? Ou parce que les dernières paroles que nous nous sommes dites cette nuit ont propulsé notre relation dans une nouvelle direction, en terrain inconnu ?

— Vous êtes tous les deux tellement jeunes sur cette photo !

Elle sourit d'un air distant sans cesser de la contempler.

— Il me taquinait tout le temps sur le fait que j'étais plus vieux et moins en forme que lui.

Je me sens oppressé, et je préfère me rendre dans la cuisine, où j'allume la bouilloire.

— Tu veux du thé ou du café ?

Je mets du pain dans le grille-pain. Je m'en veux : pourquoi ne suis-je pas allé vers elle quand je l'ai vue seule dans le salon ? J'aurais pu la prendre dans mes bras pour l'embrasser en guise de bonjour. Et elle n'aurait pas vu cette photo…

— Du thé, s'il te plaît, répond-elle d'une voix distraite.

Je ne suis pas en colère. Je sais que je l'ai perdue encore une fois au profit des souvenirs de Sam, c'est comme ça. Où que nous allions ou quoi que nous fassions, nous ne pourrons jamais mettre le passé de côté, oublier que c'est à travers Sam que nous avons maintenu le lien.

Mon appétit s'évanouit.

Je prépare le petit déjeuner, mais savoir que, dans la pièce voisine, il y a cette femme dont la présence illumine le moindre recoin de mon appartement me rend extrêmement tendu. Soudain, je sursaute : elle s'est avancée furtivement et elle est à présent juste à côté de moi.

Elle pose les mains sur mes hanches, juste au-dessus de l'élastique de mon jogging. Ses doigts sont chauds. Je me tourne et passe automatiquement un bras autour de sa taille pour l'attirer vers moi. Je viens effleurer sa bouche pour un baiser.

Nos lèvres s'écartent, nos fronts se touchent, ma voix est rauque, et cela n'a rien à voir avec l'heure matinale.

— Je croyais que tu étais partie.

Qu'elle avait changé d'avis, qu'elle avait regretté ce qu'elle avait dit…

— Non. Mais ces horaires décalés perturbent mon rythme de sommeil, et je ne voulais pas te réveiller.

Je dissimule ma vulnérabilité en appuyant mon sexe bandé contre son ventre et je glisse ma main vers ses fesses. Elle est nue sous ma chemise. Le petit déjeuner, le travail et les réunions prévues pour la journée disparaissent de mon esprit tandis qu'elle prend ma nuque et caresse mes lèvres d'un doux soupir.

Je la soulève pour l'asseoir sur le plan de travail et me cale entre ses cuisses, qu'elle écarte aussitôt, peu soucieuse de sa nudité. Je l'embrasse de nouveau en me maudissant de m'être endormi.

J'aurais dû me repaître de Kenzie toute la nuit, rassasier mon appétit ou mourir en essayant de le faire, car quelque chose me dit que je n'en aurai jamais assez d'elle. Surtout maintenant que nous nous sommes débarrassés de l'étiquette « amis ».

— Nous avons le temps ? murmure-t-elle contre mon oreille.

Je serre les doigts sur ses fesses et celles-ci remplissent mes mains. Je la presse contre mon sexe dressé.

J'éloigne ma bouche de la peau douce de son cou, déjà rouge au contact de ma barbe naissante. Un coup d'œil à l'horloge de la cuisinière met un terme à cette perspective de plaisir et me donne envie de posséder une machine à remonter le temps.

— Pas si tu veux arriver à l'heure au travail.

J'ai le pouvoir de passer un appel à mon assistante pour informer Rod que ma protégée ne viendra pas avant d'avoir joui au moins deux fois – la première avec ma bouche, ici même, dans la cuisine, et la deuxième sous la douche…

Bon sang !

Kenzie pousse un soupir et pose le front sur mon torse nu, qu'elle embrasse.

— Affaire à suivre, alors ?

Son regard est empreint d'un éclat à la fois rêveur et fiévreux. Je brûle de repousser d'un revers de la main les ingrédients du petit déjeuner, de l'allonger sur le plan de travail et de m'assurer que je serai le seul homme à hanter son esprit pour le reste de la journée. Même si ce fantasme est réalisable, ma provision de préservatifs est à des kilomètres, et l'heure tourne...

Je la fais descendre du plan de travail avec un dernier baiser et lui tends une assiette de toasts.

— Je te laisse te servir en beurre et en confiture. C'est tout ce que j'ai eu le temps de préparer, désolé. Ce n'est pas un petit déjeuner gastronomique.

Kenzie se met à rire, se verse du thé et sort la marmelade du réfrigérateur.

— Je n'ai pas besoin d'un repas gastronomique. Tiens, à ce que je vois, tu fais tes courses dans une épicerie fine...

Elle agite le pot de confiture sous mon nez en levant les yeux au ciel.

Je lui décoche un large sourire et lui vole un autre baiser. J'embrasse sa nuque pendant qu'elle étale du beurre et une généreuse couche de confiture sur son toast.

— À ce propos...

J'enfouis mon visage dans ses cheveux en espérant m'imprégner de son parfum de pomme.

— ... Merci pour le nappage vert.

Elle esquisse un sourire.

— Je t'en prie. Merci d'avoir pris soin de moi hier soir.

Elle presse ses fesses contre mon sexe encore dur et gémit en mordant dans son toast.

Je lèche une miette collée au coin de ses lèvres et me retiens d'ajouter que je suis prêt à prendre soin d'elle toute ma vie, lorsque je me souviens de ses aveux sur les traditions de sa famille et tout ce qu'elle a perdu.

— Comment as-tu fait pour endosser la responsabilité de Tilly après la mort de tes parents ? je murmure, envahi de respect et d'admiration face à son courage. Tu étais tellement jeune !

Elle se fige et je maudis ce changement d'humeur.

— Je n'avais pas le choix. Tilly est ma sœur et je ne voulais pas être séparée d'elle. Elle m'a aidée à faire le deuil de papa et maman autant que je l'ai aidée moi-même. Et, pendant quelque temps, nous avons eu Sam.

La culpabilité me fend le cœur, mais sentir Kenzie dans mes bras m'apaise.

— La vie continue, ajoute-t-elle d'un ton plus léger, quoique j'aie l'impression qu'elle se force. Mais nous avons eu aussi de bons moments. Et regarde ce qu'elle est devenue, maintenant.

— Vous êtes toutes les deux des femmes incroyables.

J'ai prononcé ces mots d'une voix étranglée.

— Si vous avez besoin de quoi que ce soit, faites-le-moi savoir, j'ajoute.

Cela ne suffit pas, mais c'est tout ce que j'ai à offrir.

Kenzie se penche vers moi en soupirant et écrase mon érection entre nos corps, avant d'enlacer ma nuque.

— Merci, dit-elle. Je n'avais pas réalisé à quel point j'avais besoin de plaisirs simples, comme un bain chaud et un repas qui ne soit pas préparé par mes soins.

— Ce fut un plaisir.

Mais, en sentant son corps doux, chaud et souple contre moi, j'ai d'autres plaisirs simples en tête. J'effleure sa taille sous la chemise, puis son ventre.

Elle laisse tomber sa tête contre mon torse et grogne quand ma main vient s'égarer entre ses cuisses.

— Drake, oh… oui…

Elle écarte très légèrement les jambes pour laisser place à ma main et à mon érection contre ses fesses.

Si je renonce au petit déjeuner, nous pouvons prendre une douche ensemble. Ensuite, il me suffira de brûler quelques limites de vitesse et nous aurons le temps de…

— C'est bon ? je murmure. Tu veux que j'arrête ?

Je joue doucement avec son point le plus sensible, sur lequel je décris des petits cercles.

— Non…

Elle lâche son toast pour agripper le plan de travail.

— Ne t'arrête pas ! supplie-t-elle.

— Caresse-toi les seins !

Mon ordre déclenche en elle un long frisson.

Elle passe un bras autour de ma nuque et suit mes instructions. Elle couvre son sein à travers le col ouvert de ma chemise tandis que je joue avec l'autre. Cette vision est beaucoup plus satisfaisante qu'un petit déjeuner.

Kenzie est tellement prête, tellement réceptive,

qu'elle jouit avec mon nom sur les lèvres, et le goût de la meilleure marmelade au citron de chez Fortnum & Mason sur la langue.

Le Faulkner n'est qu'à quelques kilomètres de chez moi, mais ce trajet en voiture prolonge le temps qu'il nous reste à passer ensemble, seul à seule.

— Tu travailles demain ? je demande en lui lançant un regard en coin.

Kenzie est distraite. Elle est en train de fouiller dans son sac.

— Oui, mais pas mardi, me répond-elle sans cesser de chercher. Pourquoi me demandes-tu ça ?

Je dois être possédé, ou bien mes organes génitaux ont entravé mes facultés mentales. C'est la seule explication que je trouve aux paroles que je prononce alors.

— Tu voudrais quitter Londres pour une nuit ? Nous pourrions aller dans un B & B... et partager des heures de sexe sans être interrompus ?

J'en salive presque. J'ai très envie de me réveiller encore une fois à côté d'elle.

Elle lève vers moi des yeux brillants d'excitation.

— Nous partirons dès que tu auras terminé demain, je reprends d'un ton autoritaire. Je te laisse préparer tes affaires, même si je n'ai rien contre le fait que tu passes ces vingt-quatre heures complètement nue.

Elle fronce les sourcils.

— Même si je cuisine ?

— Surtout si tu cuisines.

La vision de Kenzie allongée sur le dos tandis que je déguste des amuse-bouches sur son corps dénudé m'aveugle, au point que je manque d'emboutir la voiture qui nous précède.

Un immense sourire éclaire son visage.

— Oui, répond-elle.

Elle vient d'alimenter mes fantasmes sur tout ce que je rêve de lui faire, loin de Londres et des souvenirs, dans un lieu où nous pourrons être simplement Kenzie et Drake et peut-être nous créer nos propres souvenirs. Des images que je conserverai précieusement quand notre histoire sera terminée.

Soudain, Kenzie se rembrunit, et aussitôt mon euphorie s'estompe. Je viens de comprendre : elle a des responsabilités.

— Tilly pourra te laisser quitter la ville une nuit ? je lui demande, le cœur battant. Si elle ne veut pas, tant pis. Ce n'est pas une obligation.

Kenzie acquiesce et son sourire me réchauffe de l'intérieur.

— Ça ira. Je vais tout organiser avec elle pour que ça aille. Nous ne serons pas très loin, n'est-ce pas ?

Je secoue la tête.

— Nous ne ferons pas plus de deux heures de voiture. Nous pourrons revenir à n'importe quelle heure du jour ou de la nuit. Si tu veux, je peux demander à Kit et à Mia de se tenir à sa disposition en cas de besoin.

Elle me fixe un instant, puis hoche la tête. J'ai cru voir des larmes dans ses yeux.

Nous sommes bloqués dans les embouteillages. La voiture est à l'arrêt. Je m'apprête à prendre son visage en coupe pour chasser ses inquiétudes d'un baiser lorsqu'elle me lance :

— Il y a quelque chose que j'aimerais que tu aies.

Elle fouille de nouveau dans son sac et, cette fois, en sort une petite bourse.

J'avance de quelques mètres, suivant le rythme d'escargot des autres voitures, avant de regarder sa main tendue.

Une pièce de monnaie s'y trouve. Elle ressemble à n'importe quelle pièce, mais, si elle la garde dans une bourse spéciale et me l'offre avec tant de solennité, ce ne peut être que la pièce porte-bonheur de Sam. Ça aurait tout aussi bien pu être une vipère.

Je ne parviens pas à masquer ma surprise. Son geste m'a soufflé, mais je surmonte la nausée qui m'envahit.

— Tu l'as encore ? j'articule.

Elle me sourit tristement.

— On me l'a rendue avec ses effets personnels.

Je le sais. C'est moi qui l'y ai mise. Je la tenais dans la main quand il est mort.

— J'aimerais que tu la gardes, me dit-elle en me fixant de ses prunelles lumineuses.

Je préférerais mettre ma main dans un hachoir de la cuisine du Faulkner, mais je m'efforce de lui sourire en comprenant l'importance de ce trésor pour elle. Dire qu'elle porte cette pièce avec elle, dans son sac, pour l'amour du ciel !

— Tu ferais mieux de la garder, toi, dis-je d'une voix tremblante.

Surtout, ne pas céder à la panique !

Elle secoue la tête.

— Il aurait voulu que tu la gardes. Tu le sais, d'ailleurs.

J'avale péniblement ma salive, chasse la grimace qui déforme mes traits et prends la pièce. Ce n'est pas celle-ci qui me dérange mais ce qu'elle représente.

Elle représente mes erreurs.

Elle représente mes plus grands regrets.

La perte de mon meilleur ami, mais aussi le fait que cette femme aurait pu être à moi dès le départ.

Je la glisse dans ma poche, heureux que les voitures avancent de nouveau, et je me concentre sur la circulation. Je suis sûr que Kenzie ne peut pas voir le déferlement d'émotions qui me submerge.

Elle doit se dire que mon silence est contemplatif et que je suis en train de revivre de bons souvenirs. Si j'étais seul, je frapperais sur le volant, de rage.

Nous serons dans le parking souterrain de l'hôtel dans quelques minutes.

Lorsque j'éteins le moteur et que je tourne les yeux vers Kenzie, elle pose une main sur mon bras.

— Je te vois demain, alors ? Je termine à 3 heures.

Je serre ses doigts.

— J'ai hâte, dis-je, la gorge trop serrée pour aller plus loin.

Elle acquiesce.

— Moi aussi.

Son regard est encore tourmenté par le souvenir

de son défunt mari. Je devrais y être habitué, maintenant. Immunisé. Mais ses prunelles contiennent aussi autre chose : de la chaleur, et aussi une certaine excitation.

Je me console en retenant cela. Je dois accepter les miettes qu'elle réussit à me donner. Je dois m'y accrocher. Je lui donnerai ce dont elle a besoin jusqu'à ce qu'elle soit prête à aller de l'avant et à s'impliquer dans une relation durable simple – bien plus simple que notre histoire à nous.

Nous sortons du garage, elle par l'entrée de service, moi par l'ascenseur qui mène aux bureaux de la direction. Ce symbole me heurte comme un coup de poing dans la poitrine.

Qu'importe l'ampleur de mon désir pour elle, nous avançons dans deux directions différentes.

10

Kenzie

Je me réveille en sursaut. Je suis dans la voiture, il fait nuit noire et nous avons depuis longtemps laissé Londres derrière nous. Je le sais, car je sens l'odeur de la mer, tandis que la voiture remonte un chemin chaotique en gravier.

À côté de moi, Drake paraît pensif. Je me racle la gorge et il me décoche un sourire.

— Je ne voulais pas te réveiller, dit-il en posant la main sur mon genou.

Je me frotte les yeux.

— Où sommes-nous ?

— Quelque part à deux heures de Londres, dit-il.

Moi, j'ai l'impression d'être au milieu de nulle part. Je glisse ma main dans la sienne et retiens mon souffle en le voyant la porter à ses lèvres pour y déposer un baiser.

— Dans le Hampshire, précise-t-il avec un air complice plein de promesses. Sur la côte de la New Forest.

Un frisson d'excitation me parcourt.

— On croirait le paradis, dis-je.

Évidemment, nous avons déjà passé pas mal de temps ensemble, mais, loin du Faulkner, loin de nos rôles respectifs, Drake s'ouvrira peut-être un peu et nous pourrons enfin nous rapprocher...

Il ne se livre pas. Il ne laisse rien filtrer de ce qu'il ressent. Il est resté de marbre quand je lui ai donné la pièce de Sam. Et je le comprends. Il a perdu son meilleur ami, il a été le témoin de sa mort. Ses cauchemars prouvent que cette histoire le hante encore. Peut-être n'en sera-t-il jamais libéré. Certaines choses sont sans doute trop horribles pour être surmontées. Mon cœur se serre sous l'effet de la culpabilité. J'ignorais qu'il souffrait encore et que, alors que je vais de l'avant, il reste bloqué dans le passé.

Son beau profil qui se détache dans la nuit me remplit de désir. J'ai envie de l'aider. Il m'a aidée à faire avancer ma carrière, il a donné à Tilly de son temps et, plus important encore, il m'a permis de me sentir de nouveau désirée, alors que la trahison de Sam m'avait laissée désespérée, rabaissée, doutant de tout : de ma propre valeur, de mon pouvoir de séduction, et même de ma féminité.

Je serre sa main dans un désir de me rapprocher de lui.

— Je suis désolée de m'être endormie. Tu n'as pas eu de compagnie pendant que tu conduisais.

J'ai envie de lui demander s'il a été suivi par un psychologue après le drame, s'il souhaite parler du jour de la mort de Sam. Mais nos liens sont fragiles et il a déjà éludé mes questions.

— Pas de problème. Nous sommes arrivés.

Il s'arrête devant un cottage aux murs blanchis à la chaux et baisse la vitre. L'air frais et iodé de la mer pénètre dans l'habitable.

— Ici, c'était un repaire de pirates, m'explique-t-il. La mer est juste là. On ne la voit pas dans l'obscurité, mais demain…

Il hausse les sourcils, son visage se détend et se fait séducteur, plein de promesses.

Mon cœur se serre. En fait, j'avais peut-être imaginé sa réaction quand je lui ai donné la pièce de monnaie.

Une lumière est allumée à l'intérieur, une lueur orangée qui rend le lieu accueillant. Drake éteint le moteur et s'empare de nos bagages posés sur la banquette arrière. Nous trouvons la clé du cottage sous le paillasson et je ne peux m'empêcher de rire lorsque nous entrons dans ce qui va être notre petit nid pour la nuit.

Je retiens une exclamation en découvrant le salon. Des plaids moelleux recouvrent des canapés en cuir doux et les confortables fauteuils couleur crème sont parsemés de coussins bleu marine. Sur les murs blanchis à la chaux sont accrochées des œuvres d'art extravagantes, et un feu crépite dans la cheminée. Une bouteille de vin rouge déjà ouverte nous attend sur la table basse, accompagnée de deux verres.

Je me tourne vers Drake.

— C'est magnifique !

Il sourit.

— Tu pourrais nous servir un verre pendant que je vais poser nos bagages ? demande-t-il.

Tandis qu'il part à la recherche de la chambre à coucher, je jette mon manteau sur une chaise et m'approche de la cheminée. Quand Drake revient, il s'est changé et a enfilé un jean et un pull à l'aspect très doux.

Il s'installe à côté de moi et prend le verre de vin que je lui offre pour trinquer avec moi.

— À notre escapade !

Son sourire est chaleureux, son regard, voluptueux, mais il ne m'a pas encore touchée. Il m'a promis des tonnes de sexe sans interruption, mais, manifestement, il n'est pas pressé.

Alors que de mon côté je frétille. J'ai déjà avalé la moitié de mon verre et, si mon corps se réchauffe encore, je vais devoir me déshabiller et aller me plonger dans l'océan.

— Tu as faim ? demande-t-il. Le propriétaire a rempli le réfrigérateur pour nous. Je te propose du fromage, des toasts et une omelette.

Je sirote mon vin.

— Peut-être plus tard. Je n'ai pas faim pour l'instant.

Brûlante de curiosité, remplie de désir contenu, je n'ai aucun appétit, en effet. Mais, si nous parlons un peu et avançons au rythme lent de Drake, au moins, je pourrai satisfaire l'un de mes désirs.

— Dis-moi, entre Kit et Mia, c'est du sérieux ?

Il hoche la tête et ses prunelles se teintent du même éclat légèrement méfiant que quand je lui ai donné la pièce de Sam.

— Ils sont en couple depuis quelques mois, mais je pense que Kit est amoureux. Je suis heureux pour lui. Il mérite une deuxième chance.

Je saisis l'occasion pour l'interroger.

— Et toi ? Tu as eu des relations sérieuses ces trois dernières années ?

Il rit, secoue la tête et détourne les yeux.

— Non. Je me consacre surtout à mon travail. Je suis assez occupé.

— Ne me dis pas que tu n'as jamais été amoureux !

Un jour, Sam m'avait confié que Drake passait d'une femme à l'autre sans jamais s'attacher. C'est étonnant, pour un homme qui a tellement à offrir. L'idée qu'il puisse se contenter de si peu me bouleverse et me fait frissonner.

Il hausse les épaules sans répondre.

— Est-ce par choix ? Ou est-ce parce que tu n'as jamais rencontré de femme qui te convienne ?

Même du temps où Sam était encore en vie, je m'interrogeais sur cette énigme. Mais certains hommes n'aiment pas s'engager. Ils tiennent à leur liberté.

— Quelque chose comme cela.

Ses yeux brillent lorsqu'il me regarde par-dessus le bord de son verre, et je sens que ma température monte encore. Cherche-t-il à me faire changer de sujet en me séduisant ?

— Et toi ? reprend-il. J'imagine qu'un jour tu voudras te remarier.

Il esquisse une moue, comme si l'idée même de s'engager, d'aimer une seule personne, était détestable, et je frémis à l'intérieur. Mieux vaut ne pas trop chercher à savoir pourquoi. Je ne devrais pas penser à Drake et aux relations à long terme en même temps.

Je fais la grimace.

— Je n'ai pas vraiment songé à l'avenir.

Je lui ai dit que je n'attendais de lui que du sexe, et je disais vrai, au moins au début.

— Jusqu'à présent, je me suis efforcée de mettre un pied devant l'autre et de me concentrer sur Tilly, je poursuis. Mais, oui, j'ai très envie de trouver l'amour en cours de route. Une fois que Tilly n'aura plus besoin de moi, bien sûr. Elle est toujours ma priorité.

J'ai aimé Sam. Nous avons eu nos problèmes et il est parti. Je ne suis pas prête à me fermer à la possibilité de retrouver l'amour un jour.

Je m'aperçois que Drake me contemple avec intensité et je rougis. Puis je hausse les épaules. Je me sens ridicule. Trop romantique.

— Tu mérites d'être de nouveau heureuse, affirme-t-il. Tu as traversé tant d'épreuves ! Tu as sorti ta petite famille de l'adversité avec beaucoup de courage.

Il saisit ma main sur mon genou et la porte à ses lèvres. Il y dépose un baiser, et son regard brûlant fait circuler en moi une chaleur plus puissante que celle de l'alcool.

— Mais n'oublie pas tes rêves ! ajoute-t-il.

Je suis trop bouleversée pour parler, alors j'acquiesce, en espérant pouvoir lui souhaiter la même chose. Il mérite tellement plus, lui aussi ! Ce n'est pas parce qu'il m'a dit qu'il voulait plus que de l'amitié avec moi qu'il désire une liaison durable. Mais un jour, lorsque l'hypothétique femme de sa vie pointera le bout de son nez…

J'ignore l'aiguillon de jalousie qui me transperce. Je dois aider Drake, comme il vient de m'aider.

J'avale une autre gorgée de vin et baisse le ton pour murmurer :

— Tu as demandé de l'aide ? Tu as parlé de ces choses-là avec quelqu'un ?

Le traumatisme de la mort de Sam est-il encore ancré en lui, au point de l'empêcher de vivre ?

Il se fige.

— Ces choses-là… ?

— La mort de Sam, tes cauchemars…

Je ne peux pas me taire. Je veux qu'il soit épanoui, même si cela implique qu'il trouve l'amour avec une autre femme.

Il se détourne, se passe une main sur le visage. Je vois ses épaules s'affaisser et comprends qu'il est prêt à se livrer.

— J'ai bénéficié d'une aide psychologique pour combattre mon stress post-traumatique. Lorsque j'ai quitté l'armée et que je suis revenu m'occuper

des affaires de la famille, mes frères m'ont beaucoup soutenu.

Je pose une main sur la sienne. J'ai besoin de le
toucher.

— Mais ça ne t'empêche pas de faire toujours
des cauchemars...

Il hoche la tête, le regard tourmenté.

— Avant la semaine dernière, je n'en avais pas
fait depuis longtemps.

Il s'exprime d'une voix neutre, comme s'il tempé-
rait la réalité pour me protéger. Pour m'empêcher
de souffrir. Mais dans quel but ?

— C'est parce que je suis revenue ? J'ai rouvert
tes blessures ?

J'aurais dû résister un peu plus à l'attirance qu'il
m'inspire.

— Non. Ça n'a rien à voir avec toi. Je vais bien.

Je ne suis pas prête à le laisser se dérober, cette fois.

— Bien sûr, que c'est en rapport avec moi. J'ai
fait irruption dans ta vie, je t'ai demandé de l'aide
et j'ai fait resurgir le passé.

Le labyrinthe inextricable de mon passé avec
Sam et Drake élève ses murs de pierre autour de
moi à chaque pas.

— J'ai fait preuve d'égoïsme, j'ajoute. Je suis
désolée.

Ma gorge me brûle, et cela n'a rien à voir avec
le vin.

— Que puis-je faire ? Veux-tu que je quitte le
Faulkner, que je disparaisse de nouveau ?

— Ne dis pas de bêtises...

Il pose son verre sur la table et me prend dans ses bras.

— Tu es la personne la moins égoïste que je connaisse.

Je me débarrasse bruyamment de mon verre pour le serrer à mon tour avec toute la fougue qui m'envahit. Nous sommes bientôt torse contre torse, et nos cœurs battent à l'unisson.

— Les cauchemars finiront par passer, assure-t-il.

Il dépose un doux baiser sur mes lèvres, mais je m'écarte. L'étincelle de doute qui éclaire ses prunelles accroît mon malaise.

— Je veux t'aider.

Je prends son visage en coupe et caresse ses tempes.

— Tu as déjà fait beaucoup pour moi, et pour Tilly.

— Mais tu m'aides déjà !

Son baiser chaleureux, parfumé de vin, me pousse à lui faire confiance.

— Nous avons toute la nuit pour parler, murmure-t-il.

Il se met à onduler des hanches sous moi et je sens son érection entre mes cuisses. Encore une autre distraction que je ne peux ignorer.

Mais, maintenant que j'ai réussi à le faire parler un peu, je ne veux pas le laisser battre en retraite.

— Promets-le-moi ! C'est important.

Drake est important pour moi.

— J'ai envie de comprendre ce que tu as traversé, j'insiste.

— D'accord, répond-il en haussant les épaules,

avant de m'embrasser de nouveau. Mais je t'ai également promis du sexe.

Son refus de parler ressemble à une esquive, mais ses lèvres sur ma gorge me rappellent que nous avons encore toute la nuit et toute la journée du lendemain. Je ne peux pas attendre de Drake qu'il me livre tous ses sentiments d'un seul coup. Même si j'ai très envie de savoir ce qu'il me cache, ce qui l'empêche de vivre pleinement sa vie.

Ses mains remontent sous mon pull, à présent, caressent mon dos et décrochent habilement mon soutien-gorge.

Je succombe à ses manœuvres de diversion en soupirant.

— Je dois sentir l'oignon, lui dis-je. Tu n'as pas envie de prendre une douche ?

— Ton odeur est délicieuse, tout comme le goût de ta peau.

Ses lèvres glissent sur ma nuque et ses doigts s'emmêlent dans mes cheveux pour défaire mon chignon.

Je tends mon cou pour lui donner accès à toutes les zones sensibles qui me font frémir et font vibrer mon entrejambe chaque fois que ses dents les éraflent.

Je sens monter la vague de désir que je connais bien, mais au fond de moi je me sens creuse et vide. Cela ne me suffit pas. J'attends autre chose que du sexe de la part de cet homme incroyable. Je veux qu'il se confie à moi. Je veux gagner sa confiance. Je veux savoir qu'il viendra vers moi s'il a besoin de parler, tout comme je sais que je pourrai moi-même solliciter son aide ou des conseils.

J'essaie de me détendre, de profiter de la pluie de baisers qu'il dépose sur mon cou, sur mon visage et mes lèvres tandis que je m'accroche à ses épaules musclées en savourant la force que je perçois sous mes mains avides.

Bientôt, nous haletons tous les deux. Toutes les réserves sont oubliées. Nos pulls forment un tas devant la cheminée. Drake s'écarte et m'invite à me lever. En quelques secondes, nous nous trouvons dans la salle de bains et nous nous débarrassons du reste de nos vêtements pendant que l'immense cabine de douche se remplit de vapeur.

Nous sommes sur le point d'y entrer lorsque j'arrête Drake en posant une main sur son bras. Ce geste risque certes de briser cet instant, mais je sais ce qui va se passer. Nous sommes nus et j'ai envie de le sentir en moi plus que de respirer. Seulement, il n'y a pas de préservatifs dans cette cabine de douche.

— Que se passe-t-il ? demande Drake, inquiet. Tu as changé d'avis ?

Il cache bien sa déception et agrippe ma main.

— Non.

Je l'embrasse pour lui montrer que je suis pleinement investie dans l'instant.

— Je voulais te dire que… j'ai fait un bilan il y a quelques semaines et… pour que tu le saches, je prends la pilule et…

Il me réduit au silence d'un autre baiser et grogne contre mes lèvres.

— Bon sang, Kenzie… Tu vas me rendre fou.

Il encadre mon visage de ses mains et me contemple d'un air grave.

— Comme nous sommes des adultes responsables, je veux que tu saches que je n'ai couché avec personne depuis ma dernière visite de dépistage, déclare-t-il. Je ne t'aurais jamais touchée si je n'étais pas sûr que tout allait bien.

Découvrir qu'il a pensé à cela, qu'il me respecte, qu'il est assez mûr pour se soucier de ses partenaires sexuelles me pousse à prendre ma décision. Non que j'aie envie de penser aux femmes qu'il a connues avant moi ni à celle qui viendra après… Celle-là, je veux y penser encore moins.

J'enlace la taille de Drake, bien décidée à aller encore plus loin avec lui.

— Bon, si tu veux… nous pouvons oublier les préservatifs, alors.

Je vois qu'il fait des efforts pour s'ouvrir à moi. Je sais qu'il est attentionné. Il me l'a prouvé maintes fois – sa patience avec Tilly, ses encouragements pour que je poursuive mes rêves, sa gentillesse lorsqu'il me prépare à manger et se souvient des vins que j'aime.

Je l'entraîne sous la douche et me place sous le jet d'eau chaude.

Une lueur farouche éclaire son regard lorsqu'il s'empare de mes hanches et qu'il me pousse contre le carrelage. Son corps nu couvre le mien de la tête aux pieds et je sens l'eau qui coule sur son dos. Mais, pour Drake, le sujet n'est pas encore clos. Il me soulève le menton et fouille mon regard.

Je retiens mon souffle.

— Tu es sûre ?

Il me fixe avec une telle intensité que son regard me brûle.

Ce moment est-il aussi décisif pour lui que pour moi ?

Parce que nous sommes des adultes responsables, nous voulons par ce geste nous témoigner notre confiance réciproque d'une façon complètement différente.

J'acquiesce.

— As-tu confiance en moi ? je demande.

Son corps puissant me cloue contre la paroi et la sincérité qui se peint sur ses traits fait trembler mes genoux.

— Me crois-tu capable de veiller sur toi ?

— Oui, je réponds sans hésitation.

Ses pupilles se dilatent et absorbent la couleur de ses yeux.

— As-tu confiance en moi ? je murmure de nouveau.

En comprenant que nous serons là l'un pour l'autre, même d'une infime manière, je sens mon cœur se serrer. Un nouveau cœur, plus fragile et plus tendre, mais qui a la possibilité de s'épanouir et de triompher, a grandi à côté de l'ancien.

Je n'ai pas besoin de sa confirmation, car elle

est inscrite sur son visage. L'entendre me comble néanmoins de bonheur.

— Bien sûr.

Il a l'air tellement vulnérable à cet instant que je l'attire vers moi dans l'espoir de me fondre en lui, de pouvoir lire dans ses pensées. Je veux qu'il n'y ait nulle part où nous puissions nous cacher. Nous ne nous embrassons pas ; nous nous contentons de nous regarder, front contre front. Nos halètements se mêlent tandis que nous aspirons mutuellement notre souffle.

— Drake…

Des pensées interdites se muent en paroles que j'ai trop peur de prononcer. Je déglutis, préférant éviter d'admettre les émotions terrifiantes qui me submergent.

— Merci de m'avoir amenée ici.

Ce n'est pas ce que j'ai envie de dire, mais il semble conscient de la gravité du moment.

Ses mains glissent sur ma peau avec une révérence nonchalante.

— Merci de t'être enfuie avec moi.

J'ai envie de lui demander ce qu'il cherche à fuir, mais je refuse de gâcher l'ambiance. Nous parlerons plus tard.

Drake tend la main vers un flacon de gel douche puis il me savonne tout le corps, en suivant du regard chacun de ses gestes, comme fasciné.

— Tu es si belle ! De l'intérieur comme de l'extérieur.

Les mots prononcés d'une voix rauque exacerbent mes sens, à l'instar de ses mains un peu calleuses.

— Dès que tu seras prête, n'importe quel homme sera heureux de t'avoir dans sa vie.

L'entendre faire référence à notre précédente conversation m'écorche les oreilles.

N'importe quel homme, mais pas lui…

Je me retiens de prononcer cette accusation à voix haute. À la place, mes mains savonneuses glissent sur son torse, sur ses épaules musclées, le long de son dos.

— Tu es très beau, toi aussi, je murmure.

Une flamme danse dans ses yeux et il pousse son sexe contre mon ventre. J'entre en ébullition, comme un volcan débordant de lave. Je sais à quel point il est futile de jouer à faire semblant mais, l'espace d'une seconde, j'imagine une vie différente pour moi, une vie que je partagerais avec Drake.

Mon cœur s'emballe et un frisson aussi glacial que le carrelage dans mon dos me parcourt. Je ne veux pas seulement du sexe. Ce n'est pas *d'un* homme que je vais rêver à l'avenir, mais de cet homme-là. Cependant, ce désir est dangereux, et la souffrance, inévitable.

Je me concentre sur les sensations physiques afin d'apaiser la panique qui s'est emparée de moi. J'embrasse Drake et laisse ruisseler mes sentiments contradictoires entre mes lèvres posées sur les siennes et sa langue qui taquine la mienne.

Il grogne contre ma bouche et pétrit mes fesses, se frotte contre moi. Quand il fait rouler le bout de mes seins entre ses doigts, je me sens défaillir de plaisir. Je passe une jambe sur sa hanche et me redresse pour m'aligner sur son sexe. Je glisse sur lui et nous gémissons tous les deux à l'unisson.

Soudain, Drake pousse un juron, éteint les robinets et me fait sortir avec lui de la douche. Nos corps dégoulinants laissent des flaques d'eau sur le carrelage, mais il n'est pas question de nous sécher. Drake s'empare des serviettes moelleuses posées sur le sèche-serviettes et se dirige vers la chambre à coucher attenante en me tirant derrière lui.

La pièce est chaude, baignée de la lumière accueillante de deux lampes de chevet. En une seconde, il étale les serviettes sur la couette et nous nous couchons dessus, comme si lui non plus ne voulait pas s'encombrer de détails.

Drake lèche les gouttelettes d'eau accrochées à mes seins, dont il aspire le bout avec force jusqu'à me faire crier de plaisir. Puis il passe ma jambe sur sa hanche et soulève mon pubis vers lui pour me procurer la friction dont j'ai besoin.

— J'ai envie de toi, je murmure contre ses lèvres.

J'ai envie de tout ce qu'il est. Je ferme les yeux et glisse les doigts dans ses cheveux pour qu'il continue cette délicieuse torture. C'est presque trop agréable pour être vrai.

— J'ai envie de toi, moi aussi. Tu ne peux pas imaginer à quel point...

Le désir déforme ses traits, comme s'il avait atteint les limites du supportable. Il glisse deux doigts en moi et caresse en même temps du pouce mon point le plus sensible.

Mais j'en veux plus.

— Donne-moi tout...

Je m'empare de son sexe et le caresse jusqu'à l'entendre grogner, puis je me redresse pour l'embrasser et sens ses dents érafler mes lèvres.

— Ne dis pas ça.

Il plonge sa langue dans ma bouche, les yeux grands ouverts pour capturer chacune de mes réactions.

Je m'écarte en haletant et le fixe à mon tour, provocatrice. Peut-être refuse-t-il de se livrer à moi, mais il me donnera sa confiance de cette manière.

— Mais je le pense vraiment ! j'affirme. Je veux tout de toi.

A-t-il le même sentiment que moi ? Que ce n'est plus une question de sexe ? Que chaque caresse, chaque regard, chaque mot prononcé ce soir est amplifié, plus grand que nous, aussi profond que l'océan qui rugit derrière les fenêtres ?

— Kenzie...

Sa voix bourrue contient une note d'avertissement, mais il s'agenouille entre mes cuisses et les écarte.

Je me caresse les seins, car je sais l'effet que ce geste a sur lui.

— Drake, tu m'as tant donné... Ne te retiens pas maintenant.

Je m'appuie sur les coudes et nous regardons ensemble comment il approche son sexe du mien d'une main avant de me pénétrer, peau contre peau.

J'accueille son regard beau et grave, ainsi que le son rauque qui sort de sa gorge et qui traduit tout ce que les mots ne peuvent exprimer.

C'est si bon ! Je rêve qu'il accélère et qu'il ralentisse en même temps. Juste à ce moment-là, il saisit mes hanches et me pénètre en se mordant les lèvres, tout en regardant son sexe plonger dans le mien.

Je suis jalouse. Je veux assister au spectacle dont il ne semble pas pouvoir détourner les yeux, mais il choisit ce moment pour caresser encore une fois mon clitoris et je perds la tête, trop concentrée sur la dernière vague de plaisir qui m'emporte, et le visage presque euphorique de Drake tandis qu'il me possède.

J'écarte plus largement les cuisses et passe les jambes autour de sa taille.

Il se penche vers moi. Son corps qui repose presque complètement sur le mien m'écrase contre le matelas. Il pose ses lèvres sur les miennes et m'entraîne dans un baiser à couper le souffle.

— Je vais jouir tellement fort pour toi…

Il enlace mes doigts et les presse, comme s'il craignait de me voir disparaître.

— Oui !

Je me cambre pour répondre à ses coups de reins.

— Jouis pour moi, Kenzie !

Son regard m'implore de lui donner cette chose que je rêve de saisir. Mais il est facile d'accéder à sa requête car il me prend avec force, profondément et vite, et ses baisers me poussent au-dessus de l'abîme.

— Drake…

Je plante les ongles dans son dos au moment où l'orgasme m'emporte. Il me suit quelques secondes plus tard avec un grognement animal, le visage enfoui dans mon cou. Il me serre tellement fort que j'ai l'impression qu'il ne me laissera plus jamais repartir.

11

Kenzie

Vêtue du T-shirt de Drake, je traverse pieds nus le couloir et avance d'un pas hésitant en tenant en équilibre le contenu du plateau : le reste du vin et des sandwichs. Je m'attendais à le voir venir chercher lui-même l'en-cas post-sexe que j'ai préparé, tant son ventre gargouillait fort il y a cinq minutes.

Je m'arrête devant la chambre en espérant que Drake ne s'est pas endormi. La porte est entrouverte. Je m'avance, un sourire ravi aux lèvres.

Il ne dort pas.

Il est assis au bord du lit. Il a remis son jean et a les yeux rivés sur l'objet qu'il tient dans la main : la pièce de monnaie de Sam.

Le sourire disparaît de mes lèvres.

J'ai l'impression que je viens de recevoir une gifle. Maintenant, j'ai la certitude que Drake ne me dit rien de ce qu'il ressent. Ses larges épaules sont affaissées, comme après une défaite, et il se mord nerveusement les lèvres en faisant tourner la pièce entre ses doigts.

Je me suis figée et mon pouls bat la chamade. Interrompre ce moment me donnerait le sentiment d'être intrusive.

Je serre fortement le plateau et recule d'un pas en priant pour ne faire aucun bruit et pouvoir battre en retraite. Puis je m'immobilise, sous le choc.

Le visage de Drake s'est tordu de dégoût.

Il lance tout à coup la pièce de Sam à travers la pièce puis se passe les doigts dans les cheveux en jurant.

Je sens mon sang refluer dans mes veines. Je n'ai jamais vu Drake, d'ordinaire si maître de lui et attentionné, en colère à ce point. Mon cœur bat à tout rompre. Ma seule priorité est de pouvoir m'en aller sans être vue, car, s'il lève les yeux et me surprend en train de l'espionner, il comprendra que j'ai été témoin de cette crise. Mais, pire encore, j'aurai envie de lui demander des réponses que je ne suis pas certaine de vouloir entendre.

Est-il en colère contre Sam ? Contre moi ? Mon cadeau a-t-il rouvert des plaies profondes ?

Drake siffle de frustration, puis bondit sur ses pieds, tourne le dos à la porte et va ramasser la pièce. J'en profite pour m'esquiver.

Je retourne dans le salon aussi silencieusement que possible et pose le plateau sur une table basse, tremblante. Je repousse tout ce qui se trouve devant la cheminée, afin de pouvoir étaler un plaid devant le feu fraîchement ravivé, et achève de préparer ce pique-nique improvisé en ajoutant quelques coussins colorés.

Je m'assois sur le plaid et me sers un verre de vin. Mes tempes bourdonnent tellement que je n'entends plus rien.

Drake me trouve assise là quelques instants plus tard.

— Tout cela m'a l'air délicieux, dit-il en se servant un verre, avant de me rejoindre sur le tapis.

Il a mis un autre T-shirt et plaqué un nouveau masque sur son visage. J'aurais aimé prendre le temps de m'habiller correctement. Moi aussi, je sais enfiler une armure.

— Ce ne sont que des sandwichs, je réponds, l'air de rien. Je pense que les fées de l'épicerie fine sont venues nous rendre visite, parce que ce qu'il y a dans ces placards ressemble beaucoup à ce que l'on trouve chez toi.

Je lui tends une assiette. Il choisit en souriant un sandwich au rôti de porc émietté et au cresson, qu'il mord à pleines dents.

Il est trop occupé à manger pour parler.

Peut-être sera-t-il plus bavard quand il aura le ventre plein.

Que pourrais-je lui dire ? Il ne voudra certainement pas s'étendre sur les moments merveilleux que nous venons de vivre dans cette chambre. Mais je ne peux pas ignorer sa douleur. J'ai besoin de davantage que ce qu'il accepte de partager avec moi quand nous sommes nus. Je retire une miette accrochée à son menton et pose les mains sur ses joues, plongeant mon regard dans le sien dans l'espoir d'y trouver les réponses dont j'ai besoin.

Il mâche lentement et pose une main sur la mienne tout en terminant sa bouchée.

— Tu n'as pas faim, toi ?

Il boit avec hésitation une gorgée de vin et je l'imite, même si j'ai besoin de garder les idées claires pour la conversation à venir.

Je mens.

— J'ai mangé un peu en préparant les sandwichs.

Il accepte ma réponse, mais il a dû sentir mon changement d'humeur, parce qu'il pose son assiette, s'adosse aux coussins et m'attire entre ses jambes. Mon dos repose maintenant contre son torse. Il m'enlace et pose le menton sur mon épaule. Nous nous absorbons dans la contemplation des flammes plusieurs minutes.

— Que se passe-t-il ? murmure-t-il contre ma tempe.

Ses lèvres caressent ma peau. Je retiens mon souffle. Je refuse de gâcher notre parenthèse romantique, mais l'heure n'est plus à la légèreté.

J'ai des sentiments pour cet homme. Des sentiments qui ne datent pas d'hier.

Je me racle la gorge.

— C'était justement la question que je voulais te poser.

Il se raidit.

J'en ai assez de le laisser se dérober. Et la première chose qui me vient à l'esprit est une idée qui m'a souvent effleurée : Sam avait dû se confier à Drake à propos de son aventure. S'il en avait parlé à quelqu'un, c'était forcément à lui.

214

— Est-ce qu'il te l'avait dit ? je demande à voix basse. T'a-t-il raconté qu'il m'avait trompée ?

Il doit retenir son souffle, parce que sa poitrine a cessé de se soulever dans mon dos. Je caresse son bras du bout du pouce pour lui faire savoir que je comprends le dilemme qui le tourmente.

— Je ne t'en veux pas. Ce n'était pas à toi de me le dire.

Tirer sur le messager serait injuste pour tous les deux.

— Alors tu étais au courant ?

Je sens son souffle sur mes cheveux lorsqu'il presse ses lèvres sur ma tempe avec force, avant de reprendre une goulée d'air.

— C'est lui qui te l'a dit ? demande-t-il.

Il m'enlace plus fort.

— Non, mais je ne suis pas stupide. Il était de plus en plus distant, méfiant, il regardait sans cesse son téléphone. Sam était un piètre menteur. Et maintenant tu n'as fait que confirmer mes soupçons.

Bien sûr, lorsque j'ai perdu mes parents, j'ai d'une certaine façon mis son infidélité de côté. Je n'avais pas imaginé que sa mort prématurée m'empêcherait de m'expliquer avec lui afin de pouvoir tirer un trait sur son aventure.

Drake pousse un soupir qui résonne jusqu'au fond de mon être.

— Je ne l'ai découvert que plus tard, je te jure, affirme-t-il en me serrant plus fort contre lui. Nous nous sommes disputés à ce sujet. Je lui ai fait promettre qu'il te dirait tout dès qu'il rentrerait chez lui.

J'acquiesce et l'incertitude de toutes ces années s'envole.

— J'ai vu un SMS sur son téléphone juste avant votre départ pour cette dernière mission, j'explique.

Je me tords le cou pour déposer un baiser sur les lèvres de Drake. J'ai soudain l'impression que je suis libre de l'embrasser sans me sentir coupable vis-à-vis de Sam.

Il fronce les sourcils. Son regard est anxieux, comme celui d'un enfant à qui l'on annonce que le Père Noël n'existe pas.

— Mais tu ne lui en as pas parlé ?

Une pointe d'accusation durcit sa voix.

Je me tourne de nouveau vers le feu. Les souvenirs de cet horrible moment, l'infidélité de Sam puis sa mort, refont surface pour me tourmenter et raviver ma honte.

— Je ne voulais pas qu'il parte en mission avec un sentiment de culpabilité ou sur la défensive. Il avait besoin de rester concentré. J'ai pensé que je pourrais m'expliquer avec lui plus tard.

Nous gardons le silence, et la tension dans les muscles de Drake m'indique que nous réfléchissons tous les deux.

Drake se sent écartelé entre Sam et moi, sans pouvoir faire son choix. Est-ce pour cela qu'il a lancé la pièce de Sam à travers la pièce ?

Le sang bouillonne dans mes veines. J'ai pris ma résolution. Mon nouveau départ et l'avenir que

Drake et moi pourrions avoir ensemble dépendent de ma capacité à couper certains liens avec le passé. Pour nous deux.

— Je sais que ce n'est pas juste de te poser la question, dis-je d'une voix tremblante, mais accepterais-tu de me raconter… ce qui s'est passé ce jour-là ?

Il sait à quel jour nous faisons référence. Celui où Sam est mort.

Une partie de moi désire savoir ce que Drake a traversé, tandis que l'autre se recroqueville. Je n'ai pas envie d'entendre de sa bouche comment mon mari, cet homme imparfait que j'ai aimé autrefois, est mort. Mais sans doute est-ce une conversation que nous devons avoir.

Je pose ma main sur la sienne et suis du bout des doigts ses tendons et le duvet sombre qui couvre sa peau.

Son silence est de mauvais augure, mais il répond :

— L'armée ne t'a pas tenue informée ?

Il s'exprime d'une voix calme, mesurée, comme s'il craignait d'en dire trop. L'espace d'une minute, je crois avoir imaginé notre proximité, parce que je viens de retrouver le Drake distant et discipliné d'avant.

— Si, ils m'ont dit qu'il était mort très vite… Qu'il n'avait pas souffert.

Je tourne la tête sur le côté et presse ma bouche contre la sienne.

— S'il te plaît, Drake. Ne me repousse pas.

Il me contemple si longtemps que je suis convaincue

qu'il va refuser de me parler. Son regard reflète une multitude d'émotions, c'est un kaléidoscope. Mais les paroles qui franchissent ses lèvres m'arrachent un cri.

— J'aurais dû mourir à sa place.

Sa voix est rauque d'émotion.

Je me tourne pour lui faire face et lis la sincérité sur son visage.

Mais je refuse de le croire.

— Pourquoi dis-tu ça ? Tu n'as rien à te reprocher, c'était un accident. Un acte de guerre.

Personne n'est responsable, et surtout pas Drake.

— Raconte-moi comment c'est arrivé.

Le choc doit se lire sur mon visage. Je comprends qu'il m'a caché la vérité depuis trois ans.

Il serre les mâchoires.

— C'était une patrouille de routine, commence-t-il enfin. Une chose que nous avions faite des centaines de fois. L'alarme d'une voiture s'est déclenchée dans la rue. Nous l'avons d'abord ignorée, nous pensions que quelqu'un allait l'arrêter.

Il déglutit péniblement et me prend la main.

— Sam, comme à son habitude, était d'humeur joueuse. Il m'appelait toujours « mon vieux » et ne ratait jamais une occasion de souligner notre différence d'âge. Et puis un enfant a commencé à pleurer à côté de cette voiture. Il était seul.

Il hésite. Son torse se soulève tandis qu'il se débat avec les émotions que sa confession libère.

— « Face, j'y vais, pile, tu y vas », a-t-il dit.

Son regard torturé me transperce et il poursuit d'une voix méconnaissable.

— Il a lancé la pièce et je l'ai prise au vol.

Je reste muette.

Sam est mort sur le lancer d'une pièce.

Cela aurait pu être Drake.

Il saisit mon menton, ses prunelles sont fiévreuses, et son regard, pénétrant.

— J'aurais dû lui ordonner de ne pas y aller. C'était ma patrouille, ma responsabilité.

— Tu ne pouvais pas imaginer ce qui allait se passer.

Son regard devient plus distant et il lâche mon visage en secouant la tête.

— Nous avions assisté à ce genre de scène des dizaines de fois.

Il souffle et je sens les lames de son angoisse me transpercer.

J'ai envie de le prendre dans mes bras, mais je reste immobile. J'attends qu'il continue.

— Il y avait quelque chose qui ne tournait pas rond, poursuit-il. J'aurais dû le comprendre plus tôt, rappeler Sam, le retenir...

Je vois sa pomme d'Adam monter et descendre.

— Mais il était déjà trop loin quand j'ai eu un mauvais pressentiment. Je l'ai appelé, mais trop tard. Quand la voiture a explosé, il était avec l'enfant. J'ai couru vers lui. J'étais assourdi, j'avais les yeux et la bouche pleins de poussière. Je tenais encore la pièce de Sam dans ma main.

Il paraît tellement effondré que je sens des larmes me brûler les yeux.

Ils auraient pu y aller ensemble. Et mourir ensemble.

— Sam est mort sur le coup, à cause d'un engin explosif artisanal.

Drake sort la pièce de sa poche et la tient entre nous.

— Mais ça aurait dû être moi, conclut-il. J'étais son supérieur.

Mon cœur palpite avec force contre mes côtes.

Je n'ai aucun moyen de vérifier la véracité de ce récit ; en tout cas, il est clair qu'il ressent une lourde culpabilité.

— Tu as le droit d'être en colère. Je t'ai volé ton mari, dit-il en se tenant le cou.

Mon cœur s'emballe. Je passe au crible mes sentiments.

— Je ne suis pas en colère ! J'ignorais tout au sujet de... de cette pièce. Je ne te l'aurais jamais donnée, dans le cas contraire.

Il secoue la tête, et sa douleur est visible dans son regard éteint. Il lève la main pour me toucher puis la laisse retomber mollement.

— Si tu savais comme je m'en veux..., conclut-il.

Je prends son visage entre mes mains et le force à me regarder.

— Ce n'est pas ta faute, Drake.

Cela fait trois ans qu'il porte son fardeau. Qu'il se sent responsable. Pas étonnant qu'il se soit tenu à l'écart. Il était incapable de se présenter à moi.

Il hoche la tête, le regard tourmenté.

— J'ai abandonné Sam. Je t'ai abandonnée, toi. Et tu l'as perdu.

Mes paupières me brûlent et je détourne les yeux de son beau visage. L'intensité de sa douleur est trop forte. Je pose la tête sur son torse et tire du réconfort du rythme régulier de son cœur et de son souffle.

Je frémis une dernière fois, avant d'accepter avec lassitude que je suis face à une impasse.

Drake ne veut que du sexe et je suis la dernière personne au monde qu'il aurait envie d'aimer, alors qu'il s'accuse du drame qui a emporté Sam.

Il n'existe aucune façon de surmonter cela.

Nous restons assis en silence. Ses bras puissants forment un cocon pour mon corps, piégé entre le poids réconfortant de ses membres alanguis et les frissons du doute. Mais je suis animée d'une résolution nouvelle, à présent : convaincre Drake qu'il n'est pas responsable, afin que, lorsque notre histoire prendra fin, il puisse aller de l'avant sans le moindre regret.

12

Drake

Nous marchons sur la plage et je tiens la main froide de Kenzie. Je ressens un vide douloureux dans la poitrine. J'ai passé la nuit à ressasser notre conversation pendant que Kenzie dormait à mes côtés. Sa passion, son honnêteté, sa confiance sont venues se heurter à mes doutes, même si j'ai fait de mon mieux pour garder mes secrets.

Kenzie s'est réveillée au moment où les faibles rayons de l'aube perçaient à travers les rideaux. Elle s'est tournée vers moi et m'a embrassé sans un mot, avec une fougue qui nous a vite emmenés plus loin. Depuis, elle est restée silencieuse, et moi aussi. Nous devons réfléchir à beaucoup de choses.

Et cette réflexion est aussi douloureuse que du sel sur une plaie ouverte.

Kenzie savait que Sam avait une maîtresse.

J'inspire l'air iodé et souffle pour dissiper la brûlure de la futilité. Pendant toutes ces années, je me suis débattu avec la honte et la culpabilité de ce fardeau pour rien. Kenzie aimait Sam, quoi qu'il fasse. Que leur couple ait pu surmonter une infidélité ne fait que confirmer ce que j'ai toujours su.

Je peux toujours regretter mes choix pour mes propres raisons égoïstes, mais laisser la place à Sam était ce que j'avais de mieux à faire.

Je lance un regard en coin à Kenzie, à sa beauté si fraîche. Son regard pensif tourné vers les eaux bouillonnantes du Solent, de l'autre côté de notre plage privée, panse en partie la blessure qui me meurtrit la poitrine. Son amour pour mon ami était extrêmement fort.

Peut-être a-t-elle trouvé une forme de paix depuis qu'elle sait comment il est mort.

Mon cœur se serre sous l'effet de la culpabilité et du dégoût. Kenzie me tient sans doute pour coupable et elle est incapable de me pardonner mes transgressions : le fait d'avoir gardé le secret de Sam et joué inutilement son destin à pile ou face.

De toutes les façons, sa période d'essai au Faulkner est presque terminée. Bientôt, soit elle sera définitivement embauchée et deviendra un rappel permanent de mes erreurs, soit elle commencera une carrière ailleurs. Son nouveau départ et Tilly seront alors ses seules priorités…

Une mouette crie au-dessus de nous, et ce bruit ressemble au cri plaintif qui, dans ma tête, réclame une solution. Maintenant que j'ai livré deux de mes secrets à Kenzie, serons-nous capables de continuer à nous voir de manière informelle ?

Je suis prêt à tout donner pour être plus qu'une

aventure pour elle, mais un énorme obstacle se tiendra toujours sur notre route. Sam sera toujours là.

C'est lui qui devrait être là à lui tenir la main. C'est lui qui lui aurait dû lui faire l'amour au petit matin.

Il aurait ri avec elle en préparant les œufs, le bacon et les toasts du petit déjeuner. Dans la réalité, c'est Kenzie qui a cuisiné pour nous deux, et j'ai fait bien attention à ne pas la toucher tout en faisant mine d'apprendre la recette des champignons sautés.

Je regarde ses doigts emmêlés aux miens. Cette union de nos deux mains est comme un rêve devenu réalité. Puis j'avale la salive amère qui emplit ma bouche.

Je sens monter un vent de panique. Je suis en train de tomber amoureux d'elle.

Avec n'importe quelle autre femme, cela n'aurait rien eu d'alarmant. Mais, Kenzie et moi, nous ne jouons pas sur les mêmes bases. Le souvenir et le fantôme de Sam sont toujours présents entre nous.

Comment pouvons-nous être ensemble alors qu'elle lui appartient ? Comment puis-je profiter de notre relation, alors que je la vis aux dépens de Sam ? Et comment puis-je la conquérir alors que le combat est si inégal ?

Je me fais tout petit en songeant à toutes ces années pendant lesquelles je l'ai désirée en cachant mes sentiments. Je la touche et je me souviens de la première fois que je l'ai vue. J'aimerais me libérer des souvenirs et des regrets. Je l'embrasse et j'ai l'impression d'être l'homme que j'aurais toujours dû être.

J'ai dû émettre un gémissement lugubre, parce que Kenzie se tourne vers moi. Ses joues sont rouges sous l'effet du vent froid de novembre et elle fouille mon regard.

— Je donnerais cher pour savoir à quoi tu penses..., dit-elle.

Puis-je lui livrer tout ce qui remonte à la surface ? M'alléger des remords qui m'assaillent depuis que j'ai pris la décision qui a scellé mon destin ?

Partirait-elle en courant si elle savait depuis quand je la désire ?

— Je me félicitais de nous avoir amenés ici.

Quel lâche je fais !

Je la serre contre moi, l'enveloppe dans mon manteau, et nous tournons le dos au vent. Puis je lui fais cet aveu :

— Disons que je ne me suis pas senti aussi heureux depuis très longtemps... Peut-être jamais.

Sent-elle la profondeur du lien qui nous réunit ? Pourra-t-elle me pardonner un jour ? Vouloir de moi dans sa vie et tout me donner ?

Puis-je lui dire ce que j'ai gardé sous silence depuis le jour de notre rencontre ? Mes dernières confessions la dégoûteront-elles autant que mes regrets me rendent malade ?

Elle me sourit. Ses lèvres sont froides contre les miennes lorsqu'elle répond à mon baiser.

— J'en suis heureuse.

Je ne peux m'empêcher de plaisanter.

— Et nos ébats étaient très satisfaisants aussi.

Elle me donne une tape sur le bras en levant les yeux au ciel.

Je l'enlace et reprends mon sérieux. J'ai besoin de savoir si le fait d'avoir parlé de Sam a rouvert des blessures.

— Tout va bien ? je demande. Est-ce que tu pourras me pardonner… pour Sam ?

Son regard s'embue.

— Oh… Drake ! Il n'y a rien à pardonner. Si cela n'avait pas été lui, ça aurait été toi, ou un autre membre de votre groupe. Sam était comme il était. Tu le connaissais, et moi aussi. Nous l'aimions malgré tout.

L'entendre parler de lui avec tant de nostalgie me fait frémir. Je l'étreins plus fort, de peur qu'elle s'évanouisse dans un nuage de fumée, emporté par le vent.

— En toute franchise…, continue-t-elle.

Je retiens mon souffle et me prépare au pire.

— Je suis un peu inquiète… pour toi, avoue-t-elle en se mordant les lèvres.

Je me fige aussitôt.

— Pour moi ?

Elle hoche la tête et lève vers moi de grands yeux inquiets. Puis elle m'enlace à son tour, plus fort.

— J'aimerais te voir aller bien, Drake.

Son regard est empli d'émotions et j'ai l'impression d'y lire les sentiments que j'aspire à y voir. Si seulement ce n'était pas une apparition !

— Je veux que tu te pardonnes, conclut-elle.

— Je…

J'ai dû me raidir parce qu'elle se dépêche de poursuivre.

— Es-tu déjà allé sur la tombe de Sam ?

Maintenant, c'est elle qui retient son souffle. Je sens sa poitrine qui se gonfle.

Je déglutis péniblement en secouant la tête. Reconnaître que j'ai négligé le souvenir de mon ami me laisse nu, exposé aux embruns de la mer. Cette femme incroyable sait si bien lire en moi… J'ai l'impression d'avoir été décapé. Toutes les couches de ma carapace ont été enlevées.

Mais je dois cesser de ruminer. Nous sommes en train de parler de la tombe de son mari.

— Non, mais je vais bien, j'affirme en soupirant. J'ai perdu un ami, mais toi tu es bien plus à plaindre.

— Tu devrais peut-être y aller.

Elle soupire et je dépose un baiser sur le sommet de sa tête, lui offrant un peu de réconfort, comme j'en tire moi-même de sa présence.

Elle pose la tête sur mon torse comme si c'était l'endroit le plus confortable sur terre.

— Pendant les premiers mois, j'y allais tout le temps, de la même manière que j'emmenais Tilly voir nos parents.

Elle a la joue contre mon cœur et je sens sa fraîcheur à travers l'épaisseur de mon pull. Je serre les pans de mon manteau autour d'elle et enveloppe son corps dans un cocon.

— J'avais l'habitude d'emporter un thermos de thé, un paquet des biscuits préférés de Sam. Je m'asseyais sur sa tombe et je lui parlais en l'imaginant me donner ses conseils avisés...

Elle pouffe et son rire résonne contre mon torse, et je me sens de nouveau déchiré de l'intérieur.

Elle lève la tête et son sourire triste me pourfend. Kenzie me livre des moments intimes, comme on partage un secret entre deux personnes mariées. Comme le sourire qu'elle a dû partager avec Sam des milliers de fois.

Et, si je ferme les yeux, je peux me convaincre que ce sont les mêmes que ceux qu'elle m'a prodigués ces derniers jours.

Un froid glacial m'envahit et s'engouffre dans les moindres recoins de mon être, dans les moindres crevasses. Je viens de comprendre que Kenzie sera toujours à Sam. Malgré ses défauts, malgré le temps qui passe, malgré notre volonté à tous les deux que les choses changent. Elle est à Sam parce que je ne me suis pas battu pour elle le jour de notre rencontre.

Nous reprenons la direction du cottage. Je serre très fort sa main. Si je dois lui parler, il faut que je me mette en mouvement.

Mais comment parler de son défunt mari à une femme que je convoite ? Si Sam était là, je devrais lui avouer que non seulement j'ai couché avec sa femme, mais que je suis aussi tombé amoureux d'elle.

Même si Kenzie me pardonnait, je ne pourrais jamais me pardonner à moi-même, parce que mon désir pour elle est une trahison à l'égard de Sam, même du temps où il était encore en vie.

Avouer mes sentiments à Kenzie pourrait m'apporter tout ce que j'ai toujours voulu, mais à quel prix ? Aux dépens de Sam.

J'ai gardé le silence si longtemps que Kenzie croit qu'elle m'a offensé, parce qu'elle dit :

— Je suis désolée. Je ne voulais pas me montrer insistante... Je veux juste te voir heureux. Sam aurait voulu que tu puisses te pardonner. S'il était là, tu sais que c'est ce qu'il te dirait.

Je fais la grimace. Sam lancerait sa maudite pièce en l'air. « Face, je te botte les fesses, pile, je te réduis en miettes... »

— Et puis... J'ai des sentiments pour toi.

Sur ces mots, elle me prend le bras et se colle à moi.

Cette déclaration aurait dû me réjouir, mais j'ai l'impression qu'elle est violemment emportée par le vent. Je mets un pied devant l'autre et avance d'un pas lourd dans le sable mou tandis que ma tête est sur le point d'exploser. Je pourrais la perdre pour de bon. Mais, si je garde le silence, je mets en péril mes chances d'avoir un avenir avec elle.

Sur la terrasse à l'avant du cottage, nous nous asseyons sur un banc face à l'océan et j'attire Kenzie contre moi. Je prends une inspiration lourde de possibilités. Les paroles capitales que je m'apprête à prononcer se déploient dans ma gorge avant de fuser.

— Sais-tu pourquoi je t'ai toujours tenue à l'écart quand Sam était en vie ? Pourquoi je n'ai jamais été ton ami ?

Elle prend un air blessé et cligne plusieurs fois

des paupières avant de baisser les yeux, comme pour cacher sa douleur.

— Nous n'étions pas proches, mais...

Je pose un doigt sur ses lèvres froides, puis j'entoure son visage de mes mains.

— Je ne pouvais pas être ton ami à cette époque, comme je ne peux pas l'être maintenant.

Les aveux de la nuit dernière m'aident à livrer mon dernier et honteux secret. Les mots glissent comme une vague déferlante que je retiens depuis toutes ces années.

— J'ai toujours voulu que tu sois comme cela avec moi. De la façon dont nous avons été l'un avec l'autre depuis que tu as interrompu mon dîner au Faulkner.

Elle s'écarte vivement.

Comme il est difficile pour moi d'avouer mes sentiments en sachant que je vais perdre toute valeur à ses yeux. Mais la vérité, retenue depuis trop longtemps, a jailli comme un jet de lave, à la recherche d'un exutoire.

— Dès le premier jour de notre rencontre, dès le premier instant où je t'ai vue... j'ai eu envie de toi, et tous les jours après celui-là. Mon désir ne s'est jamais tari.

Mon autorécrimination est comme une fosse noire, et son réconfort et son pardon, un pied sur la première marche de l'échelle pour m'en extraire.

Son beau visage est confus.

— Mais...

Ses sourcils froncés, la douleur dans son regard ébranlent l'échelle sous mes pieds.

— Tu ne m'as rien dit cette nuit-là, dans le bar.

Elle secoue la tête comme pour s'éclaircir les idées.

— Tu n'as fait que m'ignorer, ajoute-t-elle.

Je fais la grimace en reconnaissant une énorme absence de jugement.

— Dès l'instant où je t'ai vue dans ta robe rouge, avec ton rire contagieux, tes yeux brillants, cette façon de te tenir… Il aurait été difficile de t'ignorer.

Elle fronce encore plus les sourcils.

— Tu sais, quand tu vois une personne pour la première fois et que tu comprends tout de suite qu'il va y avoir des étincelles avec elle, un déclic, une alchimie.

Elle ouvre la bouche, puis la referme. Ses yeux brillent et je vois qu'elle essaie de recoller les morceaux de cette soirée.

— Le temps que tu nous remarques, je continue, Sam t'avait repérée, lui aussi.

J'ai la gorge sèche.

Puis elle pose une main sur sa bouche et écarquille les yeux.

— Il n'a quand même pas… ? Vous n'avez pas… ?

J'acquiesce, mortifié. Cela paraît si puéril lorsqu'on réalise avec quelle rapidité j'ai capitulé, comment j'ai pu laisser une maudite pièce de monnaie sceller mon destin, avec toutes les conséquences de cette unique décision.

— Sam a lancé la pièce : face, il gagnait la mise, et pile c'était moi.

Je suis scotché à mon siège, le corps appesanti.

— J'étais sur le point de lui dire que c'était inutile : je savais déjà, je voulais déjà à toute force que ce soit moi. Ensuite…

Des lames de rasoir m'empêchent de parler, comme si chaque mot m'arrachait une partie de moi.

— Tu as levé les yeux et tu t'es tournée directement vers lui, pour lui décocher ton merveilleux sourire.

Je hausse les épaules, mais le désir refoulé de longue date qui tend mes muscles rend ce mouvement douloureux.

— Mais… Je…, bafouille-t-elle.

Sa confusion, ses doutes me heurtent de plein fouet à la poitrine et me coupent le souffle. Elle soupire longuement.

J'embrasse le dos de sa main, horrifié de la sentir si froide, et je me maudis d'avoir choisi cet endroit exposé au vent pour lui faire mes aveux. Ou d'avoir décidé de me livrer, tout simplement.

— Tu n'as rien fait de mal, dis-je aussitôt. Nous ne te connaissions pas. Tu aurais pu être fiancée ou mariée. Tu aurais pu nous envoyer balader tous les deux. Tu n'es pas responsable de mes décisions.

Rien de bon ne peut sortir de cette conversation. Mais égoïstement je continue, car elle me permet de me libérer enfin d'un fardeau.

Son sourire est hésitant, incrédule.

Je m'empare de sa main glacée.

— Je me suis comporté en imbécile. J'ai raté ma

chance de pouvoir être avec toi et j'ai dû vivre avec les conséquences de ma sottise. Je sais que notre histoire finira un jour. Tu vas avoir envie d'aller de l'avant, de sortir vraiment avec un homme, de t'engager à long terme. Je te dis tout cela parce que... parce que tu mérites mieux. Tu mérites de vivre avec une personne qui ne traîne pas derrière elle tous ces fardeaux.

Une personne capable de tout lui donner et de l'aimer sans culpabilité.

— Et tu as raison sur un point, je conclus : j'ai besoin de me pardonner. De me débarrasser de cette culpabilité une bonne fois pour toutes...

L'horloge dans ma tête tinte plus fort. Nous devons être de retour à Londres dans la soirée, et revenir à la réalité.

Kenzie est toujours sous le choc, muette de stupeur.

Sans la quitter des yeux, je poursuis d'une voix rauque :

— Une partie de moi aurait aimé que les choses soient différentes, mais je me souviens que tu aimais Sam et que tu as vécu des années heureuses avec lui.

Je secoue la tête face à ce dilemme inextricable.

— Je ne peux rien changer à ce qui s'est passé...

Elle acquiesce et son sourire courageux flanche tandis que la réalité se fait jour dans son esprit.

Si seulement nous avions la capacité de revenir en arrière !

Je l'attire vers moi et trouve dans le bruit régulier

des vagues ma seule consolation. Car, malgré mon désir de remonter le temps, Sam restera mort et la femme que je tiens dans mes bras sera toujours la sienne.

13

Kenzie

Trois jours après notre escapade sur la côte, je revis en pensée les moments magiques que nous avons passés ensemble, ou que je me suis peut-être inventés. J'ai peut-être imaginé que Drake s'est ouvert à moi, qu'il m'a confié ses peines, sa confusion et les secrets qu'il garde depuis si longtemps.

Peut-être ne m'a-t-il pas tout dévoilé, après tout...

Je chasse de mon esprit le regard que Drake posait sur moi lorsqu'il m'a parlé du jour de notre rencontre et agite la poêle sur le feu en soupirant. Il faut que je me concentre sur mon travail. Rod est d'une humeur massacrante, aujourd'hui. Il a déjà fait pleurer la nouvelle serveuse et violemment réprimandé le chef pâtissier. J'ai compris. C'est sa cuisine.

Il est en droit d'exiger la perfection.

J'ajoute une lichette de crème fraîche dans la sauce. La giclée d'huile chaude qui asperge le dos de ma main me distrait de mon téléphone, qui demeure obstinément silencieux au fond de ma poche.

Je pourrais lire de nouveau le dernier SMS que Drake m'a envoyé…

Es-tu libre pour dîner ce soir ?

Je pourrais chercher derrière ce message anodin un sens caché, mais je ne suis pas tombée aussi bas.

Pas encore.

Je pose le pavé de saumon sur une épaisse couche de sauce crémeuse que je parsème d'œufs de saumon. Le dernier de la journée. Je l'apporte vers le passe-plat et Rod l'observe d'un œil critique, avant d'essuyer une tache imaginaire sur le bord de l'assiette à l'aide de la serviette immaculée accrochée à sa taille, puis il le fait glisser vers le personnel chargé du service.

Le maître d'hôtel du Faulkner me rattrape au moment où je retourne à mon poste de travail pour le nettoyer.

— McKenzie, un client à la table huit voudrait vous remercier en personne pour ce déjeuner.

Rod l'entend et donne à contrecœur son accord d'un mouvement de tête.

Je m'attends à sentir monter une bouffée d'euphorie. Bénéficier enfin de la reconnaissance d'un client, après ce nouveau service teinté d'ingratitude, cela fait plaisir. Je devrais me réjouir, bénir ma chance, songer à mon avenir radieux… Mais non.

Je m'essuie les mains sur mon tablier et me dirige vers le restaurant pour m'immobiliser sur le seuil de la salle : Drake est assis à la table huit. Non, impossible : ce doit être le fruit de mon imagination, c'est un hologramme.

Il se lève pourtant, vient vers moi et me prend le coude en déposant un baiser léger sur ma joue.

— Que fais-tu ici ? je demande.

Mon besoin de le toucher, de le prendre dans mes bras, est si vif que je me montre acide. Je peine à démêler mes sentiments pour lui, et je me sens empêtrée profondément, comme dans des sables mouvants.

— Je viens tout juste de terminer mon déjeuner, répond-il. Assieds-toi, s'il te plaît.

Il tire une chaise que je contemple avec envie. Mes pieds me font souffrir et je ressens dans mon dos des élancements que seul un bain chaud de dix heures suivi d'un massage pourrait dissiper. Mais il ne faut pas rêver.

Je balaye la salle des yeux avant d'obéir et je me retrouve en face de Drake. Le rush du déjeuner s'est tari et personne ne prête attention à nous.

— Ce saumon était délicieux, dit-il en souriant. Merci.

Ce sourire me rappelle le jour où je me suis présentée ici pour lui demander une faveur.

— Je t'en prie, dis-je péniblement. Tu... Tu n'avais pas besoin de me faire venir. Pourquoi tant de formalisme ?

Je me détourne. J'ai du mal à soutenir son regard anxieux et distant. Se sent-il gêné, après ses aveux dans le cottage ? Regrette-t-il de m'avoir confié ses tourments ?

— J'avais besoin de te parler, dit-il en resserrant le nœud de sa cravate.

Il est nerveux.

Un mauvais pressentiment m'envahit. Mes tempes bourdonnent.

— Je croyais que nous devions dîner ensemble, ce soir ?

Peut-être a-t-il changé d'avis…

Je m'agite. Je ne me sens pas à ma place dans ce décor élégant avec mon tablier couvert de taches.

Puis je le regarde vraiment en face.

Mon estomac se retourne.

Je sais ce qu'il est venu me dire.

Je commence à connaître cet homme, maintenant. Comment ai-je pu croire qu'il était inaccessible ? Mon destin est inscrit sur son visage, malgré le sourire chaleureux qu'il se force à afficher.

Ses doigts se plient sur la table, à quelques centimètres des miens. A-t-il l'intention de me toucher ? Ou bien est-il nerveux parce qu'il m'apporte de mauvaises nouvelles ? Ces quelques centimètres pourraient tout aussi bien être des kilomètres.

— Je suis désolé, dit-il.

Je fais la grimace. Drake a quitté l'établissement. C'est M. Faulkner qui se tient devant moi.

Il choisit ce moment-là pour me toucher. Ses doigts glissent brièvement sur le dos de ma main.

— Rod a décidé d'engager Dominic. Il dit qu'il a plus d'expérience et il pense que c'est une meilleure recrue.

— D'accord.

J'attends l'inévitable bouffée de déception, mais elle n'est pas aussi forte que je le pensais. Ce serait mentir que de dire que je n'ai pas souffert de travailler avec Rod. J'ai du mal à reconnaître que j'ai visé trop haut, mais j'ai compris que je me sentirais plus à ma place dans un restaurant moins exigeant, le temps de mieux me former et de me perfectionner.

— Je te remercie de m'avoir donné cette superbe opportunité.

La sérénité de ma voix m'impressionne.

— J'ai beaucoup appris avec Rod, j'ajoute.

C'est un sale type, mais c'est un chef talentueux, je précise en mon for intérieur. Et j'ai eu ce que je voulais : faire un essai dans la cour des grands.

Et plus encore : j'ai passé du bon temps avec Drake. Notre relation est-elle terminée, elle aussi ?

Il baisse le ton et se penche vers moi.

— Écoute, s'il n'en tenait qu'à moi…

— Tout va bien, ne t'inquiète pas, je l'interromps. Je ne veux pas entendre les platitudes de M. Faulkner. Je suis une femme adulte. J'ai donné le meilleur de moi-même et cela n'a pas fonctionné. Je ne vais pas renoncer à mon rêve pour autant.

Le seul problème, c'est que j'ai toujours envie de Drake. Et que je n'ai aucun signe de sa part. Va-t-il me rayer de son existence, comme il me chasse de son restaurant ?

Ses lèvres, que je sais si douces et impérieuses, ne forment plus qu'un trait.

— Nous te donnerons une très belle lettre de recommandation, précise-t-il.

Son regard s'adoucit. Je sens le conflit qui l'habite. Il est piégé entre la sphère professionnelle et la sphère personnelle.

— Tu as un très grand potentiel, Kenzie.

J'acquiesce avec raideur. Je m'attendais à cela – non à mon renvoi, mais à la réaction de Drake. Je cherche en lui la confirmation que ma gêne croissante est fondée.

Mais non, il reste impénétrable, son masque est de retour.

M'a-t-il évitée ? Pas seulement parce qu'il ne voulait pas m'annoncer que je n'avais pas obtenu ce poste si convoité au Faulkner, mais parce qu'il voulait se retirer aussi sur le plan sentimental ?

Je me sens anéantie. Un étau serre ma poitrine, comme si j'étais piégée dans un broyeur industriel. Je sais que j'aurai beau crier, personne ne m'entendra. L'espace dans lequel je me trouve continue de se rétrécir, jusqu'à ce que je ne puisse plus respirer.

En toute honnêteté, j'ai été le témoin du désengagement de Drake sur la plage. Mon estomac remonte comme dans un ascenseur et l'impression de déjà-vu absorbe toute l'énergie de mon corps. Le passé et le présent s'affrontent avec force.

Un sentiment de perte immense me submerge.

Il me vrille l'estomac. Le choc est physique, et mes yeux se remplissent de larmes.

Le besoin urgent de parler à mes parents, à Sam,

à Tilly, qui avait disparu pendant quelque temps, revient en force et me prend à la gorge.

Je me mords les lèvres, assez fort pour enrayer le chagrin. Il faut que je me ressaisisse. Je dois retourner travailler, affronter Rod et terminer mon service.

Je souris courageusement à Drake et ne lis que du regret dans son regard. Tous les signaux étaient là, depuis le début. Et j'ai été stupide d'imaginer que les choses auraient pu être différentes. Je me suis laissée aller à avoir des sentiments pour une personne, à lui faire confiance, à être proche d'elle et, au final, je me retrouve blessée et abandonnée. Ce cycle est aussi prévisible que la succession des jours et des nuits.

Je soulève mon corps lourd et engourdi de l'élégante chaise.

— Je te remercie de m'avoir informée, dis-je avec un sourire.

J'aurais préféré l'entendre de la bouche de Rod. Et Drake a fait exactement ce qu'il m'avait promis.

Il se lève à son tour et me prend la main. La voix de Drake est de retour.

— Je passerai te prendre à 7 heures.

Je hoche la tête, alors que mon seul désir est de rentrer chez moi et de me pelotonner sous la couette. J'ai l'impression d'avoir traversé un orage électrique contenant tous les sentiments connus chez l'être humain. Et je ne peux m'en prendre qu'à moi-même.

J'avais confiance en Drake. Je lui ai trop donné de moi-même, tout en espérant le voir avancer dans la même direction. Mais ses aveux sur le jour de notre rencontre, sur son incapacité à changer les choses, et maintenant cette impression qu'il fait marche arrière... Je prends une profonde inspiration en essayant de rester rationnelle, mais je suis comme une balle de flipper qui rebondit d'une émotion extrême à l'autre.

Je retourne dans la cuisine et, machinalement, achève de nettoyer le plan de travail. Je remercie Rod de m'avoir donné ma chance et retire pour la dernière fois le tablier à l'insigne du Faulkner, avant de rentrer chez moi en métro. Le fracas métallique et le balancement du wagon sur les rails me font l'effet d'une berceuse qui accompagne mon humeur pensive.

Un mal de tête lancinant me poursuit et j'envisage d'annuler ce dîner avec Drake. Si j'avais une baignoire dans mon petit appartement, je le ferais certainement. Après un bon bain, je me prélasserais dans mon lit avec un verre de vin et un bon livre. Mais non : si l'heure des comptes a sonné, je ne vais pas me défiler. Ce soir, le restaurant où Drake a réservé sera aussi approprié que n'importe quel autre lieu pour un règlement de comptes. Au moins, je ne serai pas tentée de le toucher, de l'embrasser, de succomber à notre attirance physique réciproque en ignorant une fois de plus le naufrage de notre relation.

Forte de cette décision, je sors du métro deux stations plus tôt pour faire des courses. Si l'heure est venue de m'en aller, je veux laisser une dernière image de moi à couper le souffle.

Une fois rentrée, je reste sous la douche jusqu'à épuisement complet de l'eau chaude. Puis je me sèche les cheveux en les bouclant légèrement et enfile ma nouvelle acquisition – une robe rouge dont le tissu froncé moule mes seins, mes hanches et mes fesses.

Si Drake a prévu une stratégie de repli, qui a dit que, de mon côté, je n'étais pas capable de coups bas ?

J'agrémente la robe d'une veste en fausse fourrure pour me protéger du froid et vais rejoindre Drake en bas de chez moi.

Il me parcourt de la tête aux pieds. Son baiser sur ma joue est doux et chaud, mais son regard reste méfiant. Est-ce parce qu'il m'a renvoyée, ou parce qu'il a également prévu de m'annoncer que notre liaison est terminée ? Tandis que nous remontons lentement Cromwell Road dans sa voiture, il pose sa main sur mon genou et brise le silence.

— Je suis désolé que ça n'ait pas marché, pour ce travail. Je sais ce qu'il signifiait pour toi.

Et qu'est-ce que je signifie, moi, pour lui ?

— Ce n'est pas grave. Tu as bien fait de me prévenir depuis le début… Rod n'est pas quelqu'un de facile.

Nous nous regardons, les yeux dans les yeux, et aucun de nous ne dit ce qu'il pense.

Nous avons à peine eu le temps de nous asseoir dans ce restaurant chic et de commander du vin qu'un homme vient nous rejoindre. Au comble de la surprise, je regarde Drake lui serrer la main et me le présenter, puis l'inviter à rester avec nous.

— Luke est le chef du restaurant La Folie, m'explique-t-il enfin.

Luke et Drake attendent que je sois assise pour m'imiter. Je cache mon trouble en buvant une gorgée de vin.

Drake a-t-il profité de ce dîner pour organiser un repas d'affaires ? Je me sens blessée. J'avais prévu de me retrouver en tête à tête avec lui et de discuter de la direction prise par notre relation. Mais déjà Luke a engagé la conversation avec moi. Il veut que je lui parle de ma formation et de mon expérience.

— Drake m'a dit que vous vous étiez formée à la Newell Academy ? demande-t-il.

J'acquiesce et, pour contenter le charmant ami de Drake, je débite le discours de promotion personnelle que je pourrais réciter même dans mon sommeil. J'agrippe le pied de mon verre. Drake a bien de la chance que je ne lui envoie pas son contenu dans la figure. À quoi rime tout cela ? Je lui lance un regard acéré et ne reçois rien d'autre qu'un sourire penaud en retour. Puis il prend part à la conversation.

— Kenzie a un vrai talent pour les saveurs, affirme-t-il. Et, tout comme toi, elle est passionnée par les produits locaux, les cultures et l'agriculture raisonnées.

Je souris, tout en me recroquevillant de l'intérieur.

Je suis en train de passer un entretien d'embauche.

Drake a décidé de me faire passer de son restaurant à celui de Luke.

— Il y a un poste de second qui se libère à La Folie, déclare-t-il bientôt, confirmant mes soupçons.

C'est son lot de consolation. Et il ne peut y avoir qu'une seule explication à cela : non seulement il me fait disparaître de son lieu de travail, mais il veut aussi que je sorte de sa vie.

Sans cesser de plaquer un faux sourire sur mes lèvres à l'intention de l'affable Luke, je l'écoute parler de notre profession. Si seulement j'avais pu repérer ce poste vacant à La Folie avant que Drake s'en mêle. S'il peut croire qu'il peut poser ce petit pansement sur la plaie béante de notre relation en m'aidant à l'obtenir, il se met le doigt dans l'œil ! Mais je ne vais pas cracher dans la soupe. Consciente de ma chance, je m'efforce de manifester un peu d'enthousiasme.

Si seulement Drake pouvait m'offrir autre chose qu'un coup de pouce professionnel…

Je réussis péniblement à tenir jusqu'à la fin du dîner. Je souris quand il faut sourire, réponds au bon moment, essaye de rire, tout en fulminant à l'intérieur. Je connais bien le sentiment d'être à vif qui m'envahit, comme une poêle frottée trop vigoureusement. Je l'ai éprouvé quand Tilly m'a annoncé qu'elle allait déménager pour prendre son indépendance. Je l'ai eu quand mon chagrin pour Sam s'est atténué et que j'ai compris qu'en fait il m'avait quittée bien avant de mourir…

Et maintenant que Drake m'a livré ses secrets coupables, qu'il a cessé d'être un ami serviable, va-t-il me dire qu'il n'a plus besoin de moi, lui aussi ?

Je repousse mon dessert, l'estomac en vrac. Je suis tombée amoureuse d'un homme qui ne me verra jamais comme une femme parce que, pour lui, je resterai toujours l'épouse de Sam.

À moins qu'il ne soit prêt à se battre pour moi...

Dans la voiture, Drake demande au chauffeur de nous ramener à son domicile, qui n'est qu'à quelques minutes du restaurant. Je garde le silence. Ma résistance est au plus bas. Je me sens tendue, ma tête est trop pleine et mon cœur... Quelqu'un me l'a ôté de la poitrine, l'a coupé en deux et l'a remis à sa place sans se donner la peine de recoudre les morceaux.

Nous nous installons près du feu, un dernier verre à la main. C'est là que je me décide à lui livrer le fond de ma pensée.

— Il doit être bien plus facile de travailler avec Luke qu'avec Rod !

Drake a l'air d'avaler quelque chose d'amer, alors qu'il vient de boire une longue gorgée de whisky, un single malt Glengoyne qui doit certainement être plus vieux que moi.

— Oui. C'est un ami. Je le connais depuis des années. C'est quelqu'un de bien.

Je me place sur la défensive, en alerte.

— Comme toi.

Drake émet un vague grognement, secoue la tête et vide le reste de son verre.

Son langage corporel, révélateur, confirme mes doutes : comme je ne peux pas travailler au Faulkner, Drake m'a dégoté une place à La Folie. C'est mon lot de consolation pour être arrivée deuxième. Grâce à ça, il est sûr que nous ne nous risquerons plus de nous croiser.

J'ai soudain très chaud, et cela n'a rien à voir avec le feu dans la cheminée. Drake souhaite tourner la page avec la certitude qu'il a fait tout son possible pour m'assurer un avenir, comme si j'étais un poisson rouge en quête d'un nouveau bocal.

J'avale une grande gorgée de whisky.

— J'imagine que je peux avoir le poste, si je veux…

Je fais un effort surhumain pour garder un ton neutre et rester impassible. Il me confirme mes soupçons d'un signe de tête.

Je plaque un sourire aussi feint que douloureux sur mes lèvres.

— J'imagine qu'il faut voir le côté positif, j'ajoute en sentant monter la tension.

Je rêve de le gifler pour voir le pli perplexe s'effacer de son front.

— Tu es en colère ? demande-t-il. La Folie est une formidable opportunité pour toi, tout aussi intéressante que le Faulkner…

Je ferme les yeux. Ne voit-il pas ce qu'il est en train de faire ? Pourtant, c'est un homme bon et intelligent. Il pense certainement faire ce qu'il faut pour moi, et pour Sam. Et, sur un certain plan, il a raison.

Seulement, nous avons dépassé cela depuis belle lurette. Je veux plus qu'un lot de consolation. Je le veux, lui.

— Tu te figures que je suis fragile, et je trouve ça blessant, lui dis-je.

Je prends une inspiration et essaie de démêler l'écheveau de notre passé, de notre situation actuelle, et de ce qu'elle pourrait être à l'avenir. Mais uniquement à condition que nous soyons assez courageux pour franchir le pas.

— Je suis tout à fait capable de me trouver un travail toute seule, je précise.

Comment se fait-il qu'il ne comprenne pas que ce n'est pas le travail qui est important pour moi ?

— Je n'en doute pas. Je voulais juste que tu te sentes… en sécurité. J'ai beaucoup de contacts dans le milieu de la restauration, alors autant t'en faire profiter !

— C'est gentil, mais je suis une grande fille. Je suis capable de me débrouiller toute seule. Je l'ai fait toute ma vie.

Avant de le connaître.

— Lorsque je suis venue te voir, je ne voulais qu'une seule chose : que tu me donnes ma chance dans ton restaurant. Tu l'as fait. Nous sommes donc quittes.

Mes paroles résonnent sèchement, comme un fouet qui claque. Évidemment, je ne veux plus la même chose, maintenant. Je ne veux pas qu'il se démène pour assurer ma carrière. Je veux qu'il se batte pour m'avoir, moi.

Mais Drake est prisonnier de ses regrets et de son passé, et je ne pense pas qu'il soit capable de livrer ce combat.

Il pose son verre en cristal sur la table basse et hoche la tête. Son regard est sombre, ombrageux. Les muscles de sa mâchoire tressautent.

— Je sais que tu es capable de te prendre en charge. J'essaie juste de tenir mes promesses.

— Et moi je sais que tu resteras toujours loyal à l'égard de Sam, je réplique.

Mais qu'en est-il de moi ? Et que veut-il, lui ?

— Et tu tiens tes promesses en m'envoyant de l'argent et en me trouvant du travail…, je complète sans cacher mon amertume.

— Kenzie…, grogne-t-il.

Sa voix véhicule une sorte d'avertissement que je choisis d'ignorer.

Je me lève et pose bruyamment mon verre. J'en ai assez.

— Dis-moi quel est le vrai problème, Drake ! Sois honnête avec moi, pour une fois. Je t'écoute.

Il fronce les sourcils. Il a l'air confus.

— De quoi parles-tu ?

Même en cet instant, il ne parvient pas à cacher à quel point il me désire physiquement. Il ne lâche pas mon corps des yeux et je vois son torse monter et descendre au rythme de sa respiration rapide.

— Tu as dit toi-même que nous n'étions pas *amis*. Il ne reste donc que l'aspect physique dans notre relation, pas vrai ? Dis-moi que tu n'as plus envie de moi et je m'en irai. J'irai travailler pour Luke et tu ne me verras plus.

J'ai du mal à respirer, si bien que je baisse le ton. Ma voix n'est plus qu'un murmure.

— Dis-le-moi…

Je suis en train de le mettre au défi de se battre pour moi. C'est un coup bas, mais ma tactique n'est pas pire que la sienne. Toute la soirée, je l'ai vu se mettre à distance et il m'a fait son show pathétique pendant le dîner.

Lasse d'attendre une réponse, je défais le lien qui retient ma robe autour du cou et laisse le tissu tomber jusqu'à ma taille, sans cérémonie. Quand mes seins jaillissent, Drake écarquille les yeux. Puis je le vois se crisper. Il serre les dents et les poings.

Je tire ensuite sur la fermeture Éclair dans le dos et fais glisser la robe sur mes hanches pour me dresser devant Drake, uniquement vêtue d'un string en dentelle.

— Dis-le-moi ! j'insiste avec force.

À peine ai-je prononcé ces mots que Drake se lève à son tour, me prend contre lui à me broyer et me donne un baiser aussi brûlant que possessif.

Puis il s'écarte, haletant.

— C'est ce que tu veux ? demande-t-il. Tu me veux, moi, envers et contre tout ?

— Oui.

Nous arrivons à être honnêtes, finalement.

Il entreprend de défaire les boutons de sa chemise avec dans les yeux une lueur de défi qui me fait frémir. Il me tarde qu'il se déshabille – il met trop de temps.

Je l'embrasse avant de m'écarter pour poser mes lèvres sur chaque centimètre de peau qu'il découvre, tout en m'activant fiévreusement sur sa ceinture puis sa braguette.

Je me mets à genoux et tire sur le pantalon afin de libérer son érection. Il a les jambes entravées par son jean et il est en train d'enlever sa chemise lorsque je le prends dans ma bouche en gémissant avec avidité.

— Bon sang, Kenzie… !

Il parvient à libérer ses bras et s'empare de ma tête. Il ondule des hanches à l'unisson avec mes lèvres qui glissent sur son sexe. Je me délecte de le posséder et, lorsque ma langue effleure une zone particulièrement sensible, il pousse un juron et enfonce les doigts dans mes cheveux.

Il est en train de me regarder, il ne rate rien du spectacle. Il voit son sexe aller et venir dans ma bouche. Ses cuisses sont dures comme de l'acier.

Soudain, il pousse un grognement rauque et me prend par les épaules pour m'inciter à me relever. Il se débarrasse alors de son pantalon d'un coup de pied et me soulève dans les airs. J'enroule aussitôt les jambes autour de sa taille et il m'embrasse, les yeux ouverts, tout en se dirigeant vers le canapé. Le cuir est froid dans mon dos.

Je sens aussitôt la chaleur de son corps qui couvre le mien. J'écarte les cuisses pour qu'il vienne caler ses hanches et je le presse :

— Dépêche-toi ! J'ai très envie de toi.

Je l'implore, mais ça ne me dérange pas. Je m'en fiche.

Il positionne mes bras le long de mon corps, puis

prend mon visage entre ses mains, avant d'enfouir les doigts dans mes cheveux pour m'embrasser d'une manière des plus possessives. Il explore ma bouche, nos dents s'entrechoquent, et ce baiser nous laisse pantelants. Nous nous trémoussons l'un contre l'autre.

Je garde les yeux ouverts pour ne rien perdre de la crudité de son désir.

Puis il se penche et, de sa main libre, fait glisser mon string le long de mes cuisses. Il m'embrasse encore, puis se prépare à me pénétrer.

— Drake…

Les dents serrées, les yeux plantés dans les miens, il prend possession de mon corps et je m'ouvre à lui plus largement. Je l'accueille tout entier. Ses lèvres cueillent mes gémissements de plaisir et nous grognons ensemble de bonheur.

— J'ai envie de toi…, souffle-t-il.

Ses coups de reins répétés enflamment tout mon corps. J'acquiesce d'un vague signe de tête. Il est prêt à me montrer tout ce que j'ai besoin de voir. À me dire tout ce que je veux entendre. J'agrippe ses épaules, soulève le bassin pour aller à sa rencontre, et il me prend de plus en plus fort. Il contemple mes seins qui s'agitent et étouffe un juron quand je plante les pieds dans son dos pour l'attirer au plus profond de mon être.

Nos bouches sont mêlées et je me presse pour aller plus encore à la rencontre de ses lèvres en gémissant mon plaisir. Je sens monter mon orgasme.

Drake agrippe mes hanches et ses mouvements redoublent d'intensité.

— Oui, Kenzie, tu es à moi.

Quelque part en moi, un barrage se brise, avant même que je ressente une quelconque libération physique. Je comprends soudain que j'aime cet homme de toute mon âme.

— Drake ! je crie en fermant les yeux, tandis que des vagues de bonheur me submergent.

Il est là, avec moi, et prononce mon nom d'une voix rauque dans mon cou, avant de s'effondrer sur moi de tout son poids.

Ensuite, nous restons quelques secondes immobiles. Les endorphines sont en train d'envahir notre sang. Je souris contre le torse de Drake, car, à l'instant même où j'ai reconnu que j'étais amoureuse de lui, quelque chose s'est déverrouillé en moi. Je suis à présent capable d'entrevoir un avenir radieux. C'est la première fois depuis des années.

Drake roule sur le côté et m'attire contre lui. J'enfouis la tête dans le creux de son épaule.

Il m'embrasse sur le front en me serrant davantage.

J'attends. Les battements de son cœur se font de plus en plus réguliers alors que le mien bat toujours la chamade. Je sens son souffle paisible dans mes cheveux. Il y a en moi une certitude qui ne me quitte pas. Je l'aime. Voilà la vérité. Je ne m'attendais pas à cela en venant le trouver ce soir, mais maintenant je n'ai pas envie de tourner le dos à cette réalité.

Mais, lui, que veut-il, en fait ?

Je me redresse sur un coude pour le contempler.

Son corps est relâché, mais la tension qui habite encore son regard me fait l'effet d'un coup de poing. Je suis là, ouverte, prête à me battre pour nous deux, alors que lui est paralysé. Nous ne sommes pas sur la même longueur d'onde. Peut-être ne le serons-nous jamais, après tout...

— Nous sommes dans une impasse, pas vrai ? je demande en me sentant bouillonner.

Drake me décoche ce regard ombragé qui confirme mes craintes. Je me trouve à trois pas devant lui et il n'est pas certain de vouloir faire l'effort de me rattraper.

Il repousse mes cheveux sur mon épaule.

— Que veux-tu dire ?

J'enlace ses doigts et embrasse le dos de sa main en abattant mes dernières cartes.

— Je suis prête à quitter le Faulkner, mais pas toi.

Drake se redresse sur les coudes et pose ses lèvres sur les miennes. Mais, pour la première fois, son baiser me glace.

— Nous pouvons continuer à nous voir.

La réponse est bonne, mais la vérité se trouve dans son regard.

— Mais il faut être honnête, Drake. Avons-nous un avenir, en dehors de ces rencontres sexuelles ?

Je caresse son bras et sens la tension dans ses muscles. Il ne brûle pas de m'enlacer et de me dire tout ce que je rêve d'entendre. Il ne songe qu'à s'éloigner de moi.

Mon nouveau cœur, celui qui vient tout juste de

se réveiller, se serre. La douleur sur les traits de Drake confirme mes craintes.

Il prend mon visage en coupe.

— Kenzie…

Ses lèvres sensuelles se tordent.

— Je ne peux pas… Tu appartiens à Sam.

Je me fige. J'aimerais faire semblant d'être sourde. Je n'ai aucune envie d'entendre ça. C'est vrai que j'ai aimé autrefois son meilleur ami. Et alors ? Je n'ai rien à me reprocher. Le fait de faire l'amour avec Drake, de savoir que je suis tombée amoureuse de lui, m'a éclairci les idées. J'entrevois une lueur d'espoir. Je dépose un baiser sur ses lèvres et rassemble tout le courage qu'il me reste en plantant mes ongles dans son bras.

Puis je prends une inspiration et finis d'abattre mon jeu.

— Fais-moi tienne, alors !

14

Drake

« Fais-moi tienne »...

L'air se raréfie, j'ai la poitrine écrasée par un éléphant. Ma vision s'est troublée et je peine à distinguer les traits ravissants de Kenzie.

Je pose mes lèvres sur les siennes pour goûter leur douceur et je hume l'odeur subtile de pomme qui imprègne ses cheveux emmêlés. Je dois fermer les yeux pour ne pas voir son corps souple, repu et aimé à portée de main. Cela me déchire le cœur.

Évidemment, je suis amoureux d'elle, idiot que je suis ! Mais... il y a un « mais » qui persiste.

Je rêve de revenir à cet instant parfait où nous étions deux étrangers dans un bar et où tout était encore possible. J'ai refoulé mes sentiments pour elle pendant si longtemps... J'ignore comment mon attitude vis-à-vis d'elle pourrait être différente... Creuser mes sentiments est une tâche impossible. Comme l'air, les mots sont emprisonnés dans ma poitrine.

Ma belle et courageuse Kenzie attend. Mais

combien de temps tiendra-t-elle ? Pas éternellement, en tout cas.

Mon désarroi doit être gravé sur mes traits. Elle se dégage et s'assoit, puis plante son regard franc dans le mien.

— Il se trouve que je t'aime, Drake, déclare-t-elle.

— Non !

Le cri que je viens de pousser nous ébranle tous les deux. Entendre ces mots dans sa bouche, c'est trop pour moi. Je l'ai imaginée un million de fois en train de me faire cette déclaration ; voir ce souhait se réaliser maintenant, alors que je ne suis pas capable de l'accepter, me ravage le cœur.

Je m'empare de sa nuque et prends de nouveau ses lèvres.

— Ne dis pas cela, je proteste contre sa bouche.

C'est une supplication qui me brûle la gorge. Mais Kenzie ne peut pas me lancer qu'elle m'aime comme ça, alors que je rêve d'y croire plus que tout au monde. Alors que ça ne peut pas être vrai. C'est un cadeau trop précieux pour moi, elle sait très bien que je ne le mérite pas.

Elle me repousse et s'éloigne de moi. Je vois dans son regard à quel point elle est blessée. À juste titre.

— Écoute-moi, dis-je en la prenant par la taille.

Bon sang, j'ai tout gâché. Mais il faut bien revenir à la dure réalité des choses.

Elle se dégage et quitte le canapé. Je ne peux rien faire, même si j'ai envie de l'arrêter, de l'emmener dans la chambre à coucher et de passer avec elle le reste de la nuit, et toute la journée de demain, et toute ma vie, perdu dans ce merveilleux rêve qu'ont constitué ces deux dernières semaines.

Seulement, je reste toujours empêtré jusqu'au cou, à me débattre entre ce qui est juste et ce que je voudrais. Dans ce maudit no man's land dans lequel j'ai erré sans but une grande partie de ma vie d'adulte.

— Tout va bien, ne t'inquiète pas, déclare-t-elle, le dos très droit.

Elle cherche au sol ses sous-vêtements. Je fais un mouvement vers elle, mais elle évite mon geste.

— Bon sang, Kenzie, ne t'en va pas comme cela !

Elle est blessée, et je suis un salaud. Je serre les poings en me maudissant.

Je ne peux pas la laisser partir sans lui expliquer les choses, sans lui avoir fait comprendre que notre relation ne pourra jamais fonctionner à long terme. Le passé est trop lourd. Il y a trop d'obstacles. Trop de regrets...

Je reprends dans un souffle, en priant pour que Kenzie m'entende :

— Je lui ai fait une promesse et, en plus, je l'ai trahi depuis le début.

Elle se tourne vers moi ; elle fulmine.

— C'est bon, j'ai compris. Moi aussi, je lui ai fait des promesses le jour de notre mariage. Tu te souviens ? Tu étais présent, toi aussi. Tu étais à ses côtés. Tu étais son témoin. Seulement, il m'a quittée. Il nous a quittés. Il n'est plus là.

La douleur dans son regard me transperce le cœur.

— Tu ne fais que te cacher les yeux, continue-t-elle. Moi, j'ai accepté quelque chose de nouveau, la possibilité d'un avenir avec toi, et je me suis ouverte à toi. Mais apparemment tu préfères rester figé, ne rien changer. Tu veux que tout reste sagement rangé dans une boîte, avec la mention « passé », pour pouvoir te flageller, même quand tu t'efforces de faire ce qu'il faut.

Elle a raison.

En ce qui la concerne, j'ai caché mes sentiments pendant des années, de crainte de détruire leur couple, leur belle histoire. Je me suis renfermé sur moi-même, j'ai souffert. Mais faut-il vraiment que je continue à souffrir ? C'est ce qui se passera si je suis sans elle…

Elle se dirige à grands pas vers la cheminée pour récupérer sa robe. Alors je bondis, enfile mon jean et la rejoins.

— Tu as raison, Kenzie. Je me cache les yeux. Mais tu ne crois pas que nous avons trop de bagages à porter, toi et moi ?

Elle est tellement en colère contre moi qu'elle paraît incapable d'entendre ce que je lui dis. Elle ignore aussi les sentiments que j'ai pour elle. J'ai eu l'occasion de lui confier l'intensité de ce que j'éprouve et je ne l'ai pas saisie. Mais peu importe, cela n'aurait rien changé.

Que je sois fou amoureux de Kenzie ne change rien.

Elle met sa robe. Elle a dissimulé son corps à mes regards avides.

— Des bagages que tu passes ton temps à rouvrir, contrairement à moi, souffle-t-elle.

Je sens à mon tour la colère monter.

— Peu importe. Sam est là et il le sera toujours. Je serais prêt à me couper un bras pour qu'il en soit autrement, mais cela ne servirait à rien. Même lorsque nous sommes partis tous les deux pour mettre de la distance, pour tenter d'avoir un espace à nous, il nous a suivis.

Kenzie me contemple un instant, puis elle saisit son téléphone et pianote, les yeux baissés.

— C'est parce que tu l'as invité, dit-elle.

Puis elle lève un regard apaisé vers moi.

— Je comprends ta culpabilité et tes regrets, Drake. Moi aussi, j'en ai. Mais j'ai décidé d'avancer dans la vie. Je refuse d'être ligotée au passé. Ce que tu fais n'appartient qu'à toi, et à toi seul.

Comment ai-je pu gâcher ce qui nous lie, et de manière aussi monumentale ? Après ce que Kenzie m'a dit ce soir, je devrais être sur un petit nuage. Or je suis ancré au sol, comme le roi des empêcheurs de tourner en rond que je suis. N'empêche, je sais que j'ai raison…

— Peux-tu me dire en toute franchise, la main sur le cœur, qu'il n'y a pas une partie de toi qui pense à lui chaque fois que je te touche, chaque fois que je t'embrasse ?

Cette image, cette certitude que j'ai désespérément tenté de chasser de mon esprit m'envahit tout entier en me laissant un goût amer.

Les prunelles noisette de Kenzie brillent.

— Et toi, penses-tu à toutes les autres femmes avec lesquelles tu as couché quand j'ai ton sexe dans ma bouche ? interroge-t-elle.

Je lui ai porté un coup bas et je mérite sa contre-attaque.

— Bien sûr que non. Écoute...

Non, mieux vaut que je me taise avant de causer des dommages irréparables.

Je prends une inspiration et demande malgré moi :

— J'aimerais que tu répondes à une question : m'aurais-tu choisi, ce tout premier soir, si j'avais gagné le tirage au sort avec la pièce ?

Je lève la main, refusant de lire le doute qui traverse son regard et qui me ravage.

— Non, ne réponds pas, je continue très vite. Je n'ai pas le droit de te poser cette question. De toute façon, je n'ai pas envie de connaître la réponse. Cela ne change rien. C'est lui qui t'a épousée. Nous ne pouvons pas modifier le passé.

Kenzie se pétrifie et mon estomac se soulève. Puis elle enfile ses chaussures et se dirige vers la porte sans rien dire. C'est seulement une fois parvenue sur le seuil qu'elle se tourne vers moi, le regard mouillé de larmes, mais la tête haute.

— Eh bien, nous ne le saurons jamais, n'est-ce pas ? Tu as dit que tu ne voulais rien changer. Tu n'as pas cherché à te battre pour moi par le passé, et tu n'es pas prêt non plus à le faire maintenant.

Elle fait volte-face et sort en fermant doucement la porte d'entrée derrière elle. Je passe rapidement ma chemise et m'élance après elle pieds nus. Je débouche sur le trottoir juste à temps pour voir le taxi s'en aller, emportant tout ce que j'ai toujours désiré.

15

Drake

Je déboule dans le bureau de Kit et m'immobilise aussitôt. Mia est sur les genoux de mon frère et tous deux sont tendrement enlacés et s'embrassent à pleine bouche en se caressant. Sur un lieu de travail, et en plein jour.

Je toussote pour les prévenir que je suis là.

— Désolé de vous déranger...

Ils se séparent sans manifester l'ombre d'une gêne. Mia essuie la bouche de Kit, qui lui sourit comme un chiot devant son maître...

Je détourne le regard en ignorant le pincement qui m'étreint le cœur. Après tout, je suis très heureux pour mon jeune frère. Il mérite ce bonheur.

— Désolée, dit Mia en se levant.

Elle se lisse les cheveux, avant de me décocher un large sourire.

— Nous allions déjeuner. Tu veux te joindre à nous ? propose-t-elle.

En temps normal, j'aurais accepté avec joie, mais

j'ai la gorge tellement serrée que je suis incapable d'avaler quoi que ce soit. Je fais non de la tête.

— Je suis venu te demander si tu pouvais m'excuser au dîner familial de ce soir, dis-je à Kit. Je ne pourrai pas venir.

Je préférerais m'arracher les ongles plutôt que de faire poliment la conversation autour du repas, tant j'ai les nerfs à vif.

Kit fronce les sourcils.

— Tu sais, je pense que papa va annoncer officiellement qu'il prend sa retraite, m'informe-t-il. Il souhaiterait que tu sois là, ajoute-t-il avec un sourire bienveillant.

J'enfonce les mains dans mes poches et contemple le ciel gris de Londres par la baie vitrée. L'idée de faire autre chose que ressasser mon dernier entretien avec Kenzie pour comprendre à quel moment tout a basculé me vrille le ventre.

Pourquoi suis-je ici ? J'aurais pu envoyer un mail à mon frère. Demander à mon assistante de faire livrer à mon père une bouteille de son porto préféré. J'affronte la vérité en soupirant. En fait, je suis venu chercher des conseils. Conseils dont je n'ai aucun besoin, étant donné que j'ai déjà tout gâché avec Kenzie. J'ai dilapidé toutes mes chances de vivre ce bonheur que je lis sur le visage de mon frère. Parce que, oui, Kenzie est mon bonheur. Elle l'a toujours été et je crois qu'elle le sera toujours.

— D'accord, je lui ferai la commission, consent Kit, qui doit percevoir le tourment que je m'efforce de dissimuler.

Pourquoi ai-je à ce point besoin de tout gâcher ? De toute façon, il est trop tard, maintenant. Kenzie est partie. Elle a quitté le Faulkner, elle ne répond plus à mes appels et, quand je suis allé frapper chez Tilly hier soir dans une ultime tentative de savoir où se trouve Kenzie, j'ai appris qu'elle avait quitté Londres. Elle avait besoin de faire un « break », a dit Tilly, pour réfléchir à son avenir professionnel.

Je m'attendais à sentir à ces mots un grand soulagement m'envahir et venir combler le vide en moi. Kenzie est mieux sans moi et elle a déjà commencé à aller de l'avant. Je vais pouvoir reprendre le cours de ma vie sans histoires.

Le problème, c'est que j'aime beaucoup les histoires, surtout quand elles sont compliquées. Presque autant que j'aime Kenzie. Je me gratte la tête jusqu'à ce que mon cuir chevelu proteste. Mon impuissance me rend complètement asocial et me torture. Je mérite de souffrir. J'ai chassé Kenzie. Je lui ai fait comprendre que son amour ne valait rien.

Où peut-elle bien être ?

J'ignore où se trouvent ses amis et comment elle voit son avenir professionnel. Veut-elle quitter Londres et retourner vivre à Bath ? Renoncer à son rêve ?

Non. Kenzie est une battante. Elle est forte. Plus que moi. Elle ne peut pas être en train de dérailler sous prétexte que je l'ai repoussée.

— Bon, si tu ne peux pas venir ce soir, nous avons quelque chose à te dire, déclare Kit.

Il regarde Mia, qui lève les yeux au ciel. Elle me rappelle Kenzie.

— Nous allons avoir un bébé.

Je ne peux retenir un sourire et regarde tour à tour mon frère au visage enthousiaste et Mia, qui rougit en prenant le bras de Kit, avant de l'embrasser.

— Félicitations ! C'est formidable !

Je les serre tous les deux dans mes bras. Ma joie est sincère et elle atténue un peu la colère dirigée contre moi-même.

Le bonheur qu'ils ont gagné en affrontant leurs propres démons est contagieux. J'en veux ma part. Une grosse part au caramel beurre salé surmontée de chantilly...

Et pourquoi m'en priverais-je ?

C'est comme si mon esprit venait de se débarrasser d'un coup de la culpabilité qui l'entravait. Je viens de comprendre qu'en fait, la seule personne qui m'empêche d'être heureux, c'est moi-même. Je serre une dernière fois mon frère dans mes bras, car il vient de me donner le conseil que je suis venu chercher. Soudain, une immense impatience me gagne. Je dois agir. Je vais arrêter de me punir et aller chercher ce que mon frère a gagné, avant de laisser passer plus de temps et risquer que les dommages soient irréparables.

C'est ce que je veux. Je le veux avec Kenzie. Comme cela a toujours été le cas.

Je veux lui faire l'amour tous les jours. Je veux partager ses rêves et ses aspirations. Je veux être un mari et un père, si elle veut bien avoir des enfants avec moi, et prendre du ventre à la quarantaine à cause de ses bons petits plats.

— Bon, je vous laisse, je dois m'en aller...

J'embrasse Mia sur la joue et donne une tape sur l'épaule de Kit.

— Bon appétit et amusez-vous bien ce soir !

Je m'immobilise et, saisi par une intuition, j'ajoute :

— Je dois aller rendre une petite visite à Sam.

L'étonnement de Kit se dissipe lorsqu'il comprend ce que je veux dire.

— La prochaine fois que nous nous verrons, je poursuis, j'espère être porteur de bonnes nouvelles, moi aussi. Merci pour ton aide.

Je me tourne vers la porte tout en envoyant un message à mon chauffeur.

— Bonne chance, Drake ! crie mon frère.

Je le regarde. Il me sourit et sa femme, qui a l'air complètement déconcertée, l'imite malgré tout.

J'acquiesce. Je vais en avoir besoin.

Les lumières que j'aperçois au loin me remplissent d'espoir et attisent mon impatience. J'écrase l'accélérateur et mes roues patinent en projetant des graviers. Dès l'instant où j'ai compris où se trouvait Kenzie, je suis parti comme un fou. Je dois la retrouver, je dois réparer la plus terrible erreur de ma vie.

Je frappe plusieurs coups secs à la porte couverte d'embruns.

Les secondes qui s'écoulent avant qu'elle s'ouvre resteront gravées à tout jamais dans ma mémoire.

Trois fois, je tends la main vers la poignée, avant de la retirer vivement.

Je refuse qu'il soit trop tard. Je suis capable de tout arranger.

Puis Kenzie apparaît, enveloppée dans une couverture, tenant une tasse fumante qui ressemble à un grog.

Elle me lance un regard méfiant que je mérite largement, car je l'ai fait douter. Mes poumons se vident d'un coup.

— Kenzie…

Je lève une main pour arrêter toute objection.

— S'il te plaît, laisse-moi parler.

— Comment as-tu fait pour me trouver ?

— J'espérais que tu serais ici, parce que c'est là que nous avons été ensemble.

Pourvu que cela veuille dire qu'elle est prête à me pardonner…

Elle fait un pas de côté et m'invite en silence à entrer. J'ai envie de la prendre dans mes bras. Je tends tous mes muscles et serre les poings tandis que je lui emboîte le pas à l'intérieur du cottage.

Une fois dans le salon, elle s'assoit dans un fauteuil à côté de la cheminée et serre la couverture contre sa poitrine en sirotant sa boisson.

— Sers-toi, propose-t-elle prudemment.

Elle désigne du menton le petit bar, dans un coin.

— Merci, je réponds.

Quelque chose de fort ferait des merveilles en ce moment. Mais tout ce que je désire, c'est cette femme qui me regarde comme si j'étais devenu un étranger.

— Tu vas bien ? je demande.

Son visage est pâle, et ses yeux, fatigués.

Je m'approche d'elle et suis sur le point de l'enlacer quand je me souviens que je n'ai plus ce privilège.

Elle secoue la tête.

— Je n'arrive pas à me réchauffer, ce soir, j'ai froid.

— Tu as mangé ?

Je ne vois aucun indice de préparation de repas, ne sens aucune odeur délicieuse en provenance de la cuisine. À mon avis, elle n'a même pas pris un repas léger.

— Il faut que tu manges, je propose sans attendre de réponse. Tu veux une soupe ? Une omelette ?

Elle pince les lèvres, l'air las.

— Que viens-tu faire ici, Drake ? J'ai loué le cottage pour la semaine.

Évidemment. Pour qui est-ce que je me prends, à vouloir faire comme si nous étions intimes ? J'enlève mon manteau sans cesser de l'observer.

— Ça t'ennuie, que je sois venu ?

Elle hausse à demi les épaules, secoue vaguement la tête. Je retire mon écharpe, qui m'étouffe. Je ne vais peut-être pas rester longtemps. Elle ne m'a pas invité à m'asseoir, mais je me sens tellement raide que je serais incapable de le faire, de toute façon. Je me dirige vers la cheminée et me tourne vers Kenzie.

Ma Kenzie.

Puis je m'arme de courage.

— Je suis allé voir Sam.

— Très bien.

Elle a fermé les yeux. Elle ne va pas me simplifier la tâche et, rien que pour cela, je l'aime encore plus.

— Tu avais raison, je poursuis. J'aurais dû y aller depuis longtemps, parce qu'il me manque. Parce que j'ai souvent envie de boire une bière avec lui, comme autrefois. Parce qu'il était mon ami et que c'est dur de perdre un ami.

Je prends une longue inspiration, plus certain que jamais de savoir pourquoi je suis ici.

— J'en suis heureuse pour toi, Drake. Vraiment heureuse.

Elle a l'air tout sauf heureuse. J'ai plutôt l'impression qu'elle va me chasser à coups de pied.

Je m'empresse de reprendre.

— Je lui ai dit tout ce que j'avais sur le cœur : à quel point il avait eu de la chance de t'avoir, à quel point je l'avais envié, à quel point je m'en voulais de ne pas avoir agi autrement le jour de notre rencontre. Et puis j'ai compris une chose.

Je fouille dans ma poche et j'en sors la pièce de monnaie de Sam. Je la tends à Kenzie et la pose dans le creux de sa main.

— Sa pièce porte-bonheur est cassée, je conclus.

Kenzie met sa tasse sur la table et se penche pour mieux contempler la pièce. Elle a l'air sceptique.

— Pourquoi dis-tu ça ?

Elle tient devant elle, à la lumière, et la tourne de tous les côtés. Au contact de ses doigts sur ma paume, quand elle a pris la pièce, mon pouls s'est accéléré.

Elle lève vers moi un regard confus, puis reporte son attention sur la pièce.

— Où est-elle cassée ? demande-t-elle, incrédule.

J'acquiesce, pour lui montrer que j'approuve son étonnement, et m'accroupis à ses pieds. Je lui prends la pièce des mains et l'examine comme si elle contenait tous les secrets de l'univers. Mais il n'en est rien. Cette pièce ne contient même pas la clé de mon avenir, de mon bonheur, de mes rêves. Tout a toujours été entre mes mains. J'avais simplement trop peur de saisir ma chance après l'avoir gâchée la première fois.

Je la tourne et la retourne, d'un côté et de l'autre, et ce mouvement, étrangement, me rassure. C'est ridicule. L'issue est toujours la même. Elle est entre mes mains.

Les miennes, et celles de Kenzie.

Je croise le regard de Kenzie tout en continuant à faire tourner la pièce.

— Je vais te montrer.

Je place la pièce côté face dans le creux de ma main et attends que Kenzie lève ses yeux magnifiques vers moi.

— Face, dis-je en haussant les sourcils et en faisant une pause pour retenir son attention, je t'aimerai toujours.

Je retourne la pièce sans la quitter du regard.

— Pile, je t'aimerai toujours, je conclus. Tu vois ? Le choix n'existe pas…

Mes paroles résonnent dans le lourd silence, troublé par le craquement des bûches dans la cheminée.

Je retiens mon souffle.

Kenzie se détourne. Son expression est indéchiffrable.

Mon estomac n'a jamais été aussi noué.

Mais j'y suis arrivé. Je l'ai fait douter.

J'avais tout ce que je voulais et je l'ai refusé, sous prétexte que notre histoire était trop compliquée. À cause de ma culpabilité. Et parce que je ne me suis pas assez battu.

Je déglutis pour chasser la boule coincée dans ma gorge.

— J'aimerais que tu la gardes.

Je lui prends la main et y dépose la pièce, puis je referme ses doigts dessus. Ils sont froids. Je veux la réchauffer, et ne plus jamais la lâcher.

— Je n'en ai pas besoin.

Ma voix est rauque, mais je continue sur ma lancée, parce que les mots se bousculent.

— Je sais ce que je ressens, je le sais depuis toujours. C'est toi que je veux avoir dans ma vie, Kenzie, c'est avec toi que je veux aller vers l'avenir. Je veux que tu m'appartiennes, pour toujours.

Les yeux noisette brillent, à présent, mais Kenzie ne semble toujours pas convaincue.

Je la connais. Elle se bat seule, parce que la vie lui a appris qu'elle devait se débrouiller sans aide. Et je suis venu renforcer cette leçon.

— Je sais que j'ai tout gâché. Je t'ai laissée. J'ai continué mon chemin et je me suis puni pour rien.

Je dépose un baiser sur le dos de sa main. Mes poumons sont en feu.

— Je n'ai pas été assez attentif à tes paroles boule-versantes, à ton amour précieux. J'en suis navré.

Elle retire sa main et pose les yeux sur la pièce.

— Ce n'est pas grave.

— Non.

Elle est sur le point de me demander de partir. De me dire que tout est terminé.

— C'est loin d'être grave, en effet, je continue en me massant la nuque. Tu es une femme courageuse et honnête, et tellement forte ! Je me suis montré stupide, mais c'est parce que j'avais peur. Peur que tu me rejettes, peur que tu ne me pardonnes jamais et peur que tu ne puisses pas m'aimer comme tu aimais Sam. Je pensais que, rester loyal envers Sam, cela signifiait que je n'avais pas le droit de t'aimer. Mais sa chance, je l'ai partagée, parce que, depuis le jour de notre rencontre, tu es rentrée dans ma vie en même temps que dans la sienne.

Je pose une main sur ma poitrine.

— Je t'ai gardée ici, dans mon cœur, je poursuis avec ferveur. Aucune autre femme ne pouvait avoir sa chance. Je sais que tu n'as pas besoin de moi, mais, moi, je voudrais par tous les moyens possibles continuer à t'avoir dans ma vie. S'il te plaît, ne m'abandonne pas !

Le crépitement du feu ressemble à un compte à rebours.

Je suis pétrifié. J'attends, impuissant.

— Je ne peux pas, Drake. Je ne suis pas assez forte.

Mon cœur se serre quand je vois ses prunelles briller de résignation.

Elle se lève et me laisse, le regard perdu sur le plaid qui a glissé de ses épaules et qui s'étale dans le fauteuil. Je prends une inspiration pleine de détermination.

— Kenzie…

— Ce serait trop douloureux de tout recommencer. Je ne peux pas…

Elle a déjà traversé la moitié de la pièce en direction de la chambre à coucher. Si je la laisse s'en aller maintenant, je n'aurai plus d'autre chance – je l'ai compris à sa raideur.

— Attends !

En deux enjambées, je suis derrière elle.

— Je sais que je t'ai abandonnée – je t'ai laissée veiller sur moi, me réconforter, j'ai pris ton amour, sans rien te donner en retour. Mais ça y est, j'ai compris, maintenant. J'ai compris que je pouvais aimer Sam et t'aimer toi aussi.

Je m'approche encore et hume son parfum de pomme.

— Tu es la personne la plus forte que je connaisse, je déclare, mais, si tu le veux bien, je vais prendre soin de toi. Et de Tilly aussi. Je serai à tes côtés pour toujours. Je t'aimerai toute ma vie. Laisse-moi te le montrer.

Elle chancelle sur le seuil de la chambre. Elle me tourne toujours le dos.

Je suis juste derrière elle. Je me penche pour effleurer de mes lèvres ses cheveux soyeux.

— Tu es à moi, je murmure.

Elle frémit et ses épaules s'affaissent. Puis elle se retourne, lentement.

Je me perds dans l'éclat de ses prunelles, hypnotisé. Puis j'enveloppe son visage de mes mains, délicatement, comme si elle était en porcelaine.

— Tu es à moi, je répète.

Je lève son menton et me penche vers sa bouche en laissant le temps à mes paroles de faire leur chemin. De lui permettre de se rétracter, si elle le souhaite.

— Oui, souffle-t-elle.

Un seul mot. Et un hochement imperceptible de la tête.

Nos lèvres se trouvent comme si elles étaient équipées d'un radar. Parce que ce baiser a du sens.

Nous sommes faits l'un pour l'autre et rien n'a d'importance en dehors de cette vérité première.

Je la soulève dans mes bras pour franchir le seuil de la chambre. Elle s'agrippe à moi, puis me lâche pour que nous nous débarrassions des vêtements qui nous font obstacle. Nous nous retrouvons peau contre peau.

— Dis-moi que tu es à moi…

Je parcours avec ma bouche chaque parcelle de son corps à ma portée, puis je la dépose sur le lit et m'allonge sur elle pour la protéger du froid.

— Je suis à toi, Drake.

Elle s'accroche à moi avec impatience. Mais je veux qu'elle en soit sûre.

Je veux l'épuiser du poids de mon amour. Je

veux qu'elle soit tellement remplie de moi qu'il ne restera plus de place pour le doute. Je l'embrasse et caresse son corps en gestes possessifs. Elle me répond de la même manière, plante ses ongles dans ma peau. Ses doigts se perdent dans mes cheveux et sa bouche me donne baiser après baiser, comme pour laisser sur mes lèvres des marques indélébiles.

Lorsque je la pénètre, je sais que je suis à ma place.

— Kenzie, dis-je en lui prenant le visage entre les mains et en plantant mon regard dans le sien. Je t'aime.

— Moi aussi, je t'aime, Drake.

Bientôt, je nous amène tous les deux au bord de l'abîme, sans jamais la quitter des yeux, et je crie dans un dernier effort contre sa gorge arquée.

— Tu es à moi !

Je m'affale sur le canapé et l'attire vers moi. À cet instant, je me fiche de savoir si le sapin est droit. Tilly arrangera ça quand elle sera là. Elle a l'œil pour ces détails.

— Combien de temps avons-nous devant nous ? marmonne Drake contre mes lèvres en déboutonnant son pantalon et en glissant une main dans ma culotte.

Je lorgne vers l'horloge. Si seulement nous avions une machine à remonter le temps dans le garage, à côté de la collection de voitures de luxe européennes de Drake. Je ne cesse de le taquiner à ce sujet.

— Pas beaucoup. Tilly est toujours ponctuelle. Vingt minutes, maximum.

Je commence à haleter sous les effets conjugués de ses doigts entre mes cuisses et de sa bouche qui remonte de mon ventre vers mes seins.

Il lève les yeux vers moi, un sourire prometteur aux lèvres et avec ce regard fiévreux et possessif que je croise tous les jours, voire toutes les heures, depuis un mois.

— Je suis prêt à relever le défi, répond-il en faisant glisser mon jean et mon caleçon sur mes hanches.

Je suis incapable de lui résister. J'ai envie de lui. Toujours. De manière insatiable.

Il est à moi, comme je suis à lui.

Vous avez aimé
Irrésistible MacKenzie ?

Ne manquez pas *Insaisissable Blair,*
le troisième tome de la série :

> **BILLIONAIRE BACHELORS** <

*Disponible prochainement
dans votre collection*

MAGNETIC

HARLEQUIN
www.harlequin.fr

Retrouvez prochainement
dans votre collection
MAGNETIC

Un sulfureux rendez-vous, de Rachael Stewart - N°46

Alors qu'elle attend son futur partenaire en affaires, Jennifer est abordée par l'homme le plus sexy qu'elle ait jamais vu. Qu'à cela ne tienne, son rendez-vous tarde et elle décide de se laisser séduire par le bel inconnu. Sans se douter une seule seconde qu'il s'agit de Marcus Wright, le partenaire en question ! Un impair qui risque de lui coûter bien plus que sa carrière, à en juger par les frissons de plaisir qui la parcourent à chaque caresse prodiguée par Marcus…

Brûlante confrontation, de Kelli Ireland - N°47

Chargée d'organiser la cérémonie de mariage d'une personnalité célèbre sur l'île paradisiaque de Bora, Ella ne doute pas une seule seconde de sa capacité à relever le défi. Mais c'est compter sans le frère de la mariée – Liam Baggett – dont l'unique objectif est de saboter le mariage en la détournant de son travail. Et force est de constater que l'audacieux Liam sait très bien s'y prendre…

Insaisissable Blair, de JC Harroway - N°48
SÉRIE : BILLIONAIRE BACHELORS - TOME 3/3

Dans la famille Faulkner, Reid est le frère aîné, celui qui dirige l'entreprise familiale d'une poigne de fer. Aussi découvre-t-il avec stupeur que son père a engagé une vieille connaissance pour rénover leur hôtel phare : Blair Cameron, qui n'a plus rien de la jeune femme timide et fuyante qu'il côtoyait il y a de cela plusieurs années. Bien au contraire, pense Reid, déjà fou de désir pour l'insaisissable Blair…

MAGNETIC

OFFRE DE BIENVENUE !

Vous êtes fan de la collection Magnetic ?
Pour prolonger le plaisir, recevez

◆ **1 livre Magnetic gratuit** ◆
et 2 cadeaux surprises !

Une fois votre colis de bienvenue reçu, si vous souhaitez continuer à recevoir vos livres Magnetic, cela se fera automatiquement. Vous recevrez alors 3 livres inédits de cette collection au tarif unitaire de 6,99 € (Frais de port France : 2,10 €).

➡ **ET AUSSI DES AVANTAGES EXCLUSIFS :**

➡ **LES BONNES RAISONS
DE S'ABONNER :**

Des cadeaux tout au long de l'année.
◆
Des réductions sur vos romans par
le biais de nombreuses promotions.
◆
L'abonnement systématique et gratuit
à notre magazine d'actu ROMANCE.
◆
Des points fidélité échangeables
contre des livres ou des cadeaux.

Aucun engagement de durée
ni de minimum d'achat.
◆
Aucune adhésion à un club.
◆
Vos romans en avant-première.
◆
La livraison à domicile.

➡ **REJOIGNEZ-NOUS VITE EN COMPLÉTANT ET EN NOUS RENVOYANT LE BULLETIN !**

✂ ·····································

N° d'abonnée (si vous en avez un) ⊔⊔⊔⊔⊔⊔⊔⊔ | K0ZEA3 |

Mme ☐ Mlle ☐ Nom : .... Prénom : ....

Adresse : ....

CP : ⊔⊔⊔⊔⊔ Ville : ....

Pays : .... Téléphone : ⊔⊔⊔⊔⊔⊔⊔⊔⊔⊔

E-mail : ....

Date de naissance : ⊔⊔ ⊔⊔ ⊔⊔⊔⊔
☐ Oui, je souhaite être tenue informée par e-mail de l'actualité d'Harlequin.
☐ Oui, je souhaite bénéficier par e-mail des offres promotionnelles des partenaires d'Harlequin.

Renvoyez cette page à : Service Lectrices Harlequin – CS 20008 – 59718 Lille Cedex 9 - France

Épilogue

Kenzie

Je me couvre la bouche pour étouffer un rire en regardant le jean de Drake qui dépasse au bas du sapin de Noël.

— Et maintenant ? souffle-t-il.

L'arbre bouge de quelques centimètres vers la gauche.

Le sapin est parfaitement droit, mais je ne peux m'empêcher de faire durer le plaisir… J'aime en avoir pour mon argent. Et j'espère l'agacer suffisamment pour recevoir une délicieuse rétribution.

— Un peu plus à droite.

Je me mords les lèvres et essaie de ne pas m'extasier sur la façon dont ses fesses sont moulées et dont sa chemise remonte, dévoilant un morceau de dos musclé. Comment puis-je de nouveau avoir envie de lui ? Nous ne sommes réveillés que depuis trois heures ! Si Tilly n'était pas attendue dans une demi-heure, je pense que nous serions encore au lit.

— Et maintenant ? demande-t-il en poussant le sapin en sens inverse.

— Un peu à gauche, dis-je en riant.

Il jure et souffle encore. Puis il sort de sous l'arbre, le visage rouge et des aiguilles accrochées dans les cheveux.

— Tu essaies de m'énerver, c'est ça ?

Tout en s'emportant après moi avec des étincelles dans les yeux, il me saisit par les hanches et dépose un baiser sur mes lèvres. Il sent bon Noël.

Et Drake.

— Hum.

Je passe les mains dans ses cheveux pour retirer les aiguilles, qui tombent au sol, tout en avançant le bassin vers lui. Son sexe est déjà dur. Cet état est assez fréquent chez lui. J'ignore comment il fait…

Il s'écarte de mes lèvres tout en m'entraînant vers le canapé.

— Faisons-nous livrer un sapin déjà décoré de chez Harrods, propose-t-il.

J'essaie d'ouvrir la bouche pour protester, mais il étouffe tout ce que je pourrais dire sous un baiser fougueux et glisse les mains sous mon pull-over. Je m'agrippe à ses épaules et m'accroche à sa chemise pour l'empêcher d'aller trop loin.

— Nous ne pouvons pas faire ça, je déclare avec regret. Décorer l'arbre de Noël est une tradition familiale. Tilly et moi, nous le faisions avec nos parents et nous continuons à le faire chaque année. Nous buvons du vin chaud, nous décorons l'arbre, puis nous regardons *Noël blanc* et *Love Actually*. Alors, maintenant que tu fais partie de notre famille, au travail !

Composé et édité par HarperCollins France.

Achevé d'imprimer en mai 2020.

Barcelone

Dépôt légal : juin 2020.

Pour limiter l'empreinte environnementale
de ses livres, HarperCollins France s'engage
à n'utiliser que du papier fabriqué à partir de
bois provenant de forêts gérées durablement
et de manière responsable.

Imprimé en Espagne.

OFFRE DÉCOUVERTE !

Vous souhaitez découvrir nos collections ? Recevez **votre 1er colis gratuit*** avec **2 cadeaux surprises !** Une fois votre colis de bienvenue reçu, si vous souhaitez continuer à recevoir nos livres, cela se fera automatiquement. Vous recevrez alors vos livres inédits** en avant-première.

Vous n'avez aucune obligation d'achat et cette offre est sans engagement de durée !

*1 livre offert + 2 cadeaux / 2 livres offerts pour la collection Azur + 2 cadeaux. Les collections Gentlemen et Aliénor démarrent avec le 1er colis payant.
**Les livres Ispahan, Sagas, Best-Sellers Féminins, Gentlemen et Hors-Série sont des rééditions.

☛ COCHEZ la collection choisie et renvoyez cette page au
Service Lectrices Harlequin – CS 20008 – 59718 Lille Cedex 9 – France

Collections	Références	Prix colis*
❑ **AZUR**.......................	Z0ZFA6...............	6 livres par mois 28,79€
❑ **BLANCHE**.................	B0ZFA3...............	3 livres par mois 23,65€
❑ **LES HISTORIQUES**....	H0ZFA2...............	2 livres par mois 16,59€
❑ **ISPAHAN**.................	Y0ZFA3...............	3 livres tous les 2 mois 23,35€
❑ **PASSIONS**................	R0ZFA3...............	3 livres par mois 25,09€
❑ **SAGAS**.....................	N0ZFA3...............	3 livres tous les 2 mois 27,66€
❑ **BLACK ROSE**............	I0ZFA3...............	3 livres par mois 25,09€
❑ **VICTORIA**.................	V0ZFA3...............	3 livres tous les 2 mois 25,69€
❑ **GENTLEMEN**............	G0ZFA2...............	2 livres tous les 2 mois 17,35€
❑ **BEST-SELLERS FÉMININS**....	E0ZFA2...............	2 livres tous les 2 mois 18,75€
❑ **ALIÉNOR**..................	A0ZFA2...............	2 livres tous les 2 mois 17,35€
❑ **HORS-SÉRIE**.............	C0ZFA2...............	2 livres tous les 2 mois 17,35€

N° d'abonnée Harlequin (si vous en avez un) ⨅⨅⨅⨅⨅⨅⨅⨅

Mme ❑ Mlle ❑   Nom : _____

Prénom : _____   Adresse : _____

_____

Code Postal : ⨅⨅⨅⨅⨅   Ville : _____

Pays : _____   Tél. : ⨅⨅⨅⨅⨅⨅⨅⨅⨅⨅

E-mail : _____

Date de naissance : _____

❑ Oui, je souhaite recevoir par e-mail les offres promotionnelles des éditions Harlequin.
❑ Oui, je souhaite recevoir par e-mail les offres promotionnelles des partenaires des éditions Harlequin.

Date limite : 31 décembre 2020. Vous recevrez votre colis environ 20 jours après réception de ce bon. Offre soumise à acceptation et réservée aux personnes majeures, résidant en France métropolitaine, dans la limite des stocks disponibles. Prix susceptibles de modification en cours d'année. Vous pouvez demander à accéder à vos données personnelles, à les rectifier ou à les effacer. Il vous suffit de nous écrire en nous indiquant vos nom, prénom et adresse à : Service Lectrices Harlequin CS 20008 59718 LILLE Cedex 9. Service Lectrices disponible du lundi au vendredi de 8h à 18h : 01 45 82 47 47.

Harlequin® est une marque déposée du groupe HarperCollins France – 83/85, Bd Vincent Auriol – 75646 Paris cedex 13. SA au capital de 3 120 000€ – R.C. Paris. Siret 318671591000069/APE5811Z